誕生死

STILLBORN

流産・死産・新生児死で
子をなくした親の会・著

三省堂

装丁　和久井　昌幸

［目次］

[目次]

STILLBORN

私は希望に満ちて、あなたを宿していた
その、長い九ヶ月の間
私は思い出す
あなたを宿したあの親密な時を
時々蹴ったり、動いたりしているのを感じた
あなたが私の中でゆっくりと成長するにつれ
あなたはどんな子かしらと
あなたの濡れた頭が、のぞいたとき
女の子？　男の子？
なんという、喜びの瞬間よ
私はあなたの産声を聞くはずだった
そして、あなたにこんにちはと言うはずだった
あなたのために、みんな揃えて
あとはあなたを迎えるばかり…
手足ににじむ汗
私の小さな呼び声が夏の空に混じり

あなたは産まれた
あなたは産声をあげなかった
私達はこんな事になるなんて、思ってもみなかった
あなたの誕生は意味がなかったの？
それともあなたが私を見捨ててしまったの？
人々はあなたを生きていなかったと言うでしょう
あなたを死産と記録するでしょう
けれどもあなたはあの時からずっと生きていました
私の暗いお腹の中で
そして今、私があなたを思う時
あなたの死は本当だったのですね
でも、私にとってあなたはやはり産まれて来たのです
私はあなたを永遠に忘れないでしょう
私の赤ちゃん
あなたはいつでも、私と一緒
今も、ずっと私のもの
生も死も、同じように意味があるのです

Leonard Clark（レオナルド・クラーク）

〈ＳＩＤＳ家族の会『ちいさな赤ちゃん　あなたを忘れない』より転載〉

◎お産《さん》に関《かん》することば

●胎児（たいじ）

お母《かあ》さんのおなか（子宮《しきゅう》）の中にいるときの赤ちゃんの呼《よ》び名《な》。生まれてから四週間までの赤ちゃんを「新生児《しんせいじ》」という。赤ちゃんがお母さんのおなかの中に宿《やど》ることを「妊娠《にんしん》」、赤ちゃんを宿《やど》したお母さんを「妊婦《にんぷ》」と呼ぶ。

出産《しゅっさん》が近くなってくると、子宮の中で赤ちゃんは頭を下にして、産道《さんどう》を通りやすい姿勢《しせい》になる（「頭位《とうい》」という）。この逆《ぎゃく》の姿勢をしていることを「逆子《さかご》」という。

●多胎（たたい）・**単胎**（たんたい）

おなかの中に赤ちゃん（胎児《たいじ》）が一人《ひとり》いる妊娠《にんしん》を「単胎《たんたい》」、二人《ふたり》以上《いじょう》の場合を「多《た》胎《たい》」という。「双子《ふたご》」は、胎児《たいじ》が二人いること（「双生児《そうせいじ》」ともいう）。

●胎盤（たいばん）

赤ちゃん（胎児《たいじ》）はお母《かあ》さんのおなか（子宮《しきゅう》）の中で、羊水《ようすい》の入った袋《ふくろ》の中に浮《う》かんでいて、胎盤《たいばん》でお母さんの体とつながっている。胎盤から、赤ちゃんに必要《ひつよう》な酸素《さんそ》と栄養《えいよう》の入った血液《けつえき》が送られ、赤ちゃんから、要《い》らなくなった二酸化炭素《にさんかたんそ》や排泄物《はいせつぶつ》が胎盤に送られる。胎盤と胎児を結《むす》ぶパイプラインが「へその緒《お》」である。

赤ちゃんを産《う》む（分娩《ぶんべん》する）と、胎盤《たいばん》は子宮から剥《は》がれて体外に出てくる（「後産《あとざん》」という）。赤ちゃんより先に正常位置《せいじょういち》の胎盤《たいばん》が剥《は》がれてしまうことを「常位胎盤早《じょういたいばんそう》期剥離《きはくり》」といって、赤ちゃんに酸素が行きにくくなって危険《きけん》なので、早急に帝王切開《ていおうせっかい》して赤ちゃんをお母さんのおなかから出す必要《ひつよう》がある。また、手当《てあて》が遅《おく》れると大量《たいりょう》出血などにより、お母さんの命にかかわる場合もある。

●羊水（ようすい）

赤ちゃん（胎児《たいじ》）が子宮内《しきゅうない》で浸《つ》かっている水。主として赤ちゃんのおしっこからなる。赤ちゃんを衝撃《しょうげき》から守るクッションとなる。また、羊水《ようすい》の温度は一定《いってい》に保《たも》たれているので、胎児の体温保護《ほご》の役目《やくめ》も果《は》たしている。

●胎動（たいどう）

羊水《ようすい》の中にいる赤ちゃん（胎児《たいじ》）が動いたときに、子宮《しきゅう》の壁《かべ》にぶつかり、それがお母《かあ》さんに感じられること。早いと妊娠《にんしん》十七〜十八週頃《ころ》、遅《おそ》くとも妊娠二十週頃（妊娠六か月のはじめ頃）には、はっきりと感じられるようになる。胎動は赤ちゃんの健康《けんこう》の目安《めやす》にもなる。毎日しばしば感じられた胎動が急になくなったり、丸一日《まるいちにち》以上《いじょう》感じられない場合は、赤ちゃんに何か異変《いへん》が起こっている可能性《かのうせい》もあるので、急いで診《しん》察《さつ》を受けたほうがよい。

●つわり（悪阻《おそ》）

妊娠《にんしん》のために起こる、吐《は》き気《け》を主とした症状《しょうじょう》。妊娠五〜六週頃《ころ》からはじまり、妊娠十二週〜十六週くらいには治《おさ》まるが、なかには出産《しゅっさん》までつづく人もいる。時期も症状《しょうじょう》も個人差《こじんさ》が大きい。心理的要因《しんりてきよういん》も多いとされている。つわりは妊娠特有《とくゆう》の症状で、病的なものではないが、重症《じゅうしょう》になると、「妊娠悪阻《にんしんおそ》」といい、点滴療法《てんてきりょうほう》など病院での治療《ちりょう》が必要《ひつよう》となる。なぜつわりが起こるか、いろいろな説《せつ》があり、明らかな原《げん》因《いん》は特定《とくてい》されていない。

●破水（はすい）

赤ちゃん（胎児《たいじ》）を包《つつ》んでいるうすい膜《まく》が破《やぶ》れて、中の羊水《ようすい》がお母《かあ》さんの体の外へ流れでてくること。破水《はすい》は赤ちゃんがもうすぐ生まれるしるしで、異常《いじょう》なことではないが、時期が早すぎると細菌感染《さいきんかんせん》の恐《おそ》れなどがあるため、お産《さん》を早めるなどの早急な処置《しょち》が必要《ひつよう》になる。

●分娩（ぶんべん）

赤ちゃん（胎児《たいじ》）を産《う》むこと。「お産《さん》」のこと。赤ちゃんが子宮《しきゅう》の中から産道《さんどう》を通って下から産《う》まれるふつうのお産《さん》を「普通分娩《ふつうぶんべん》」といい、お母《かあ》さんに麻酔《ますい》をかけて開《かい》腹手術《ふくしゅじゅつ》をして子宮にメスを入れて赤ちゃんを取り出すお産《さん》を「帝王切開《ていおうせっかい》」という。赤ちゃんがおなかの中で死んでしまった場合は、子宮口《しきゅうこう》をラミナリアという海藻《かいそう》でできたものや器具《きぐ》で広げたり、陣痛促進剤《じんつうそくしんざい》で人工的《じんこうてき》に陣痛《じんつう》を起こさせたりして、赤ちゃんを外に出すことになる。「誘導分娩《ゆうどうぶんべん》」とか「誘発分娩《ゆうはつぶんべん》」という。

●妊娠中毒症（にんしんちゅうどくしょう）

妊娠中《にんしんちゅう》に、高血圧《こうけつあつ》・タンパク尿《にょう》・むくみなどの病的《びょうてき》な症状《しょうじょう》が出ること。重症《じゅうしょう》になると、赤ちゃん（胎児《たいじ》）やお母《かあ》さんの死亡原因《しぼうげんいん》となることもある。

●切迫流産（せっぱくりゅうざん）**・切迫早産**（せっぱくそうざん）

そのままだと流産《りゅうざん》・早産《そうざん》の危険性《きけんせい》があるので、なんらかの治療《ちりょう》や安静《あんせい》などの注意《ちゅうい》が必要《ひつよう》な状態《じょうたい》。

●管理入院（かんりにゅういん）

お母《かあ》さん（妊婦《にんぷ》）になんらかの既往症《きおうしょう》（以前にかかったことのある病気やその影《えい》

響《きょう》）があったり、自宅《じたく》で生活するには心配がある場合に、妊婦や赤ちゃん（胎児《たいじ》）の体調管理《かんり》のために入院して、安静《あんせい》にして様子《ようす》をみること。

●陣痛（じんつう）・張り止めの薬（陣痛抑制剤）

おなかが張《は》って（子宮《しきゅう》が収縮《しゅうしゅく》して）赤ちゃん（胎児《たいじ》）を外に押《お》しだそうとするのが「陣痛《じんつう》」。出産《しゅっさん》予定日よりずっと早くに陣痛《じんつう》がはじまってしまうと、早産《そうざん》や流産《りゅうざん》の危険《きけん》があるので、張《は》り止《ど》めの薬《くすり》（陣痛抑制剤《じんつうよくせいざい》）で子宮の収縮を押さえる。点滴《てんてき》で静脈注射《じょうみゃくちゅうしゃ》したり、飲《の》み薬もある。

●陣痛促進剤（じんつうそくしんざい）

人工的《じんこうてき》に陣痛《じんつう》を起こして、お産《さん》を早める薬。ふつうの出産《しゅっさん》でも、早期破水《そうきはすい》した場合や、途中《とちゅう》で陣痛《じんつう》が弱くなったりして、母体《ぼたい》（お母さんの体）や赤ちゃん（胎児《たいじ》）が危険《きけん》な場合に使う。おなかの中で赤ちゃんが死んでしまうと、そのままではお産《さん》がはじまらないので、陣痛促進剤《じんつうそくしんざい》を点滴《てんてき》して人工的《じんこうてき》に陣痛《じんつう》を起こさせて（「誘導分娩《ゆうどうぶんべん》」という）、赤ちゃんを産《う》む（「死産《しざん》」となる）。

●エコー、超音波診断装置（ちょうおんぱしんだんそうち）

超音波《ちょうおんぱ》を使ってお母さんの子宮《しきゅう》の中を映《うつ》しだし、赤ちゃん（胎児《たいじ》）の状態《じょうたい》を診察《しんさつ》するために利用《りよう》する。心臓《しんぞう》がピコピコ動いている様子《ようす》なども見える。映像《えいぞう》を写真に撮《と》って妊婦《にんぷ》に渡《わた》すところもある。

●ドップラー

おなかの中の赤ちゃん（胎児《たいじ》）の心音《しんおん》（心臓《しんぞう》の音）を聞いたり、へその緒《お》の血流《けつりゅう》（血液《けつえき》の流れ）の状態《じょうたい》を見ること、またはその装置《そうち》のこと。血流の状態が赤や青のチャートで表示《ひょうじ》される「カラードップラー」というものもある。

●NST（エヌエスティー）

ノン・ストレス・テストの略《りゃく》。お母《かあ》さん（妊婦《にんぷ》）にストレス（陣痛《じんつう》など）がない状《じょう》態《たい》で、子宮《しきゅう》の張《は》り具合《ぐあい》とおなかの中の赤ちゃん（胎児《たいじ》）の心拍《しんぱく》（心臓《しんぞう》の拍動《はくどう》）の関係《かんけい》などをはかる。赤ちゃんが元気なときは、お母さんのおなかが収縮《しゅうしゅく》して張ってくると、収縮に負けずに赤ちゃんは心拍数《しんぱくすう》を上げてくるので、赤ちゃんの元気度合《げんきどあ》いを推《すい》測《そく》することができる。

●検診（けんしん）

妊娠《にんしん》したら受ける診察《しんさつ》。「妊婦健康診査《にんぷけんこうしんさ》」と言われることが多いが、本書では、お産《さん》はけっして安全とは限《かぎ》らないという意味を込《こ》めて「検診《けんしん》」という言葉を使った。通常は、妊娠二十三週までは四週に一回、妊娠二十四週から妊娠三十五週までは二週に一回、妊娠三十六週以後出産《いごしゅっさん》までは一週に一回、定期的《ていきてき》に診察《しんさつ》を受けるように指示《しじ》されている。妊娠の経過《けいか》に応《おう》じて、内診《ないしん》、外診《がいしん》、尿検査《にょうけんさ》、血圧測定《けつあつそくてい》、子宮《しきゅう》がん検診《けんしん》、各種血液検査《かくしゅけつえきけんさ》、超音波検査《ちょうおんぱけんさ》（エコー）などからなる。

●妊娠週数（にんしんしゅうすう）

妊娠《にんしん》すると生理《せいり》（月経《げっけい》）がなくなる。医療機関《いりょうきかん》を受診《じゅしん》して検査《けんさ》で妊娠が確定《かくてい》すると、「最後《さいご》の生理《せいり》がはじまった日はいつですか？」と聞かれ、妊娠直前《ちょくぜん》の最終月経《さいしゅうげっけい》がはじまった日をゼロ週ゼロ日として、その日から二八〇日目（満四十週）を出産予定《しゅっさんよてい》日《び》とする。

月経周期《げっけいしゅうき》には個人差《こじんさ》があるので、最近では、妊娠八～十週くらいに、エコーで胎《たい》児《じ》の大きさを測《はか》り、それをもとに出産予定日を確定《かくてい》し、妊娠週数を逆算《ぎゃくさん》することが多い。

産婦人科《さんふじんか》では、二十八日（これは平均的《へいきんてき》な月経周期に当たる）を一か月と数えるので、妊娠ゼロ週から三週までの四週間を「妊娠一か月」と計算する。出産予定日の二八〇日目（満四十週）は満十か月となる。妊娠三十七週～四十週（妊娠十か月）を「臨月《りんげつ》」という。

誕生死

ママのおなかに赤《あか》ちゃんが生《う》まれた。

松村幸代（まつむら・さちよ）・愛知県名古屋市
［一度目死産時28歳・二度目死産時34歳］

私の長男の真人《まさと》は、私が初《はじ》めての子、茉耶《まや》を死産《しざん》してから、ちょうど一年と一日後に生まれた。だから真人《まさと》の誕生日《たんじょうび》の前日が、茉耶《まや》の命日《めいにち》になる。毎年、近くのお地蔵様《じぞうさま》に一緒《いっしょ》にお参《まい》りに行ってから、誕生日を迎《むか》える。

「まっくんには、本当はお姉《ねえ》ちゃんがいたの。まっくんが生まれる前に死んじゃったんだけど、まっくんのことをいつも守ってくれてるから、一緒にお参りしようね。」

真人《まさと》はいつも、神妙《しんみょう》な面持《おもも》ちでお参りしている。

実は、私自身にも、会ったことのない姉《あね》がいる。生後《せいご》二週間で、心臓病《しんぞうびょう》のため亡《な》くなった。だから、やはり幼《おさな》いころから母に「お姉ちゃんがいつも守ってくれてるから、心の中でお参りしなさい」と言われていた。小学生のころは、何かにつけ「お姉《ねえ》ちゃんが、お姉ちゃんが」と母が言うのを、うっとおしく思ったりもしたが、自分が同じ母親の立場《たちば》になると、母の気持ちもよく分かる。どちらも同じわが子であり、きょうだいなのだから、ちゃんと覚《おぼ》えていてほしいのだ。

私が茉耶《まや》を死産《しざん》したのは、平成《へいせい》五年の暮《く》れだった。

妊娠《にんしん》二十九週に入ったころからひんぱんにおなかが張《は》るようになり、張《は》り止《ど》めの薬を飲みながら、なるべく安静《あんせい》にすごしていた。直前《ちょくぜん》の検診《けんしん》で、尿《にょう》にタンパクが少し出て、むくみも多少あったため、妊娠中毒症《にんしんちゅうどくしょう》の危険《きけん》が出てきたので気をつけるようにと言われていた。しかし、医師《いし》の口調《くちょう》には緊迫感《きんぱくかん》もなく、妊娠三十二週という万《まん》が一《いち》生まれてもだいじょうぶという時期でもあったので、私はそれほど心配していなかった。

妊娠三十四週の十二月二十八日、朝からなんとなく体がだるく、昼すぎからは生理痛《せいりつう》のひどいときのような痛《いた》みがつづいていた。病院に電話したところ、「がまんできなくなったら来てください」と言われたので、夕方五時前に夫《おっと》に病院に連《つ》れていってもらった。途中《とちゅう》の車の中で、破水《はすい》したと思ったら、出血だった。

病院について、エコーで確認《かくにん》した結果《けっか》、「常位胎盤早期剝離《じょういたいばんそうきはくり》」を起こしていることが分かった。ふつうは分娩後《ぶんべんご》に剝《は》がれるはずの胎盤《たいばん》がすでに剝《は》がれかかっていて、赤ちゃんに酸素《さんそ》が行きにくい状態《じょうたい》になっている。すぐに帝王切開《ていおうせっかい》しなければ、赤ちゃんも私も危険《きけん》であると言われた。けれど、私が出産《しゅっさん》する予定だったその産婦人科《さんふじんか》では、緊急《きんきゅう》の手術《しゅじゅつ》には対応《たいおう》できず、他の病院に転送されることになった。年末《ねんまつ》の仕事納《おさ》めの日であったため、日赤《にっせき》病院や大学病院などには受け入れを断《ことわ》られ、救急《きゅうきゅう》センターで病院を探《さが》してもらっているあいだに、どんどん時間がたっていった。

「赤ちゃんにたくさん酸素《さんそ》がいくように、これを吸《す》ってください」と口に酸素吸入《さんそきゅうにゅう》のマスクをあてられ、思いっきり吸った。おなかの痛《いた》みで呼吸《こきゅう》が荒《あら》くなる。どうしても、吸うよりも吐《は》くほうが多くなってしまう。「がんばってもっと吸ってください。赤ちゃんもがんばってますからね」という看護婦《かんごふ》さんの言葉に、必死《ひっし》で酸素を吸った。

結局《けっきょく》、そこから車で五分ほどの個人《こじん》病院が受け入れてくれたが、救急車で運ばれたときには、赤ちゃんの心臓《しんぞう》はすでに止まっていた。院長先生が「あかんよ。もう死んどるよ」と言った。「いやぁっっ。いやっ、いやっ」。私は叫《さけ》んだ。嘘《うそ》だ。悪い夢《ゆめ》を見てるんだ。早く眠《ねむ》って、もう一度目をさまさなくちゃ。

パニック状態《じょうたい》のまま手術室《しゅじゅつしつ》に移《うつ》された。ショックで呆然《ぼうぜん》としてしまいたかったが、おなかの激痛《げきつう》が正気《しょうき》にさせる。もういやだ、早く眠りたい。手術の処置《しょち》がてきぱきと進められていく中、もうがまんできなくなった。赤ちゃんが死んでしまった今、いったい何のためにがんばらなければならないのだろう。

「先生、早く麻酔《ますい》をかけてください。麻酔を先にかけてください。」

目がさめると体が動かない。おなかが痛《いた》くて重い。おなかをさわってみる。ちゃんと大きい。よかった、赤ちゃんが死んだなんてやっぱり夢だったんだ。

「先生、早く赤ちゃんを出してください。あとでちゃんと連《つ》れに来ますから。」返事がない。もう一度、くり返した。「早く、早くしなきゃ赤ちゃん死んじゃう。」

その人が、言った。「もう赤ちゃん出したのよ。ちゃんと処置したのよ。」「赤ちゃん、だめだったのよ。」それは母の声だった。

赤ちゃんに会いたい。とにかく今はそれだけだった。情《じょう》が残《のこ》るから見ないほうがいいと言われたが、これだけはぜったいにゆずれなかった。婦長《ふちょう》さんが病室まで連《つ》れてきてくれた。

ふっくらとした頰《ほお》、色白《いろじろ》の可愛《かわい》い顔は、安らかに眠《ねむ》っているようにしか見えなかった。ああ、私の子だ、まぎれもなく私の子だ。百人並《なら》んでいたって分かる。「ちいちゃん、ごめんね」。それだけしか言葉が出なかった。なんとか動く腕《うで》を伸《の》ばして、頰《ほお》をなでた。冷《つめ》たかった。抱《だ》っこすることもできないまま、茉耶《まや》は逝《い》ってしまった。

入院中に何度も、常位《じょうい》胎盤早期剝離《たいばんそうきはくり》のことをくわしく聞いた。私の場合は、おそらく妊娠中毒症《にんしんちゅうどくしょう》があって、おなかが張《は》り気味《ぎみ》だったところに、血圧《けつあつ》が急に上がったため胎《たい》盤剝離《ばんはくり》を起こしたのではないか、ということだった。

あと一時間おそければ、私自身も助からなかっただろうということ、子宮《しきゅう》が伸《の》びきってしまっていて摘出《てきしゅつ》も考えられたが、最初《さいしょ》の子を亡《な》くした上に子宮までとってしまったら、二度と子どもは望《のぞ》めないということで、三十分近く先生が子宮をマッサージしてくださったという。わずかに反応《はんのう》があったので、とりあえず一度おなかを閉《と》じ、夜中《よなか》に出血が止まらなければふたたび開腹《かいふく》して摘出手術《てきしゅつしゅじゅつ》を行う、最悪《さいあく》の場合は命に関《かか》わるので今夜が山《やま》だと言われたなど、昨夜《さくや》からのひと晩《ばん》に、どれほど家族が心配したかを伝《つた》えられた。

そして口々《くちぐち》に「あなたが助かっただけでもよかった。子どもはまた産《う》めるから」という慰《なぐさ》め方をした。私は、茉耶《まや》を死なせ自分だけ助かってしまったことで、茉耶《まや》にとても申しわけなく思い、また、もっと早く病院に行っていれば茉耶《まや》も助かったのに、私のせいで茉耶《まや》が亡《な》くなってしまったと自分を責《せ》めた。なぜ私も一緒《いっしょ》に死ねなかったのか、とさえ思った。

手術から五日ほどたつと、おっぱいがパンパンに張《は》ってきた。その前から、お乳《ちち》を止める薬を飲んでいたのだが、ちょっとつまんだだけで、お乳があふれ出てくる。胸《むね》を氷嚢《ひょうのう》で冷《ひ》やした。異様《いよう》な空《むな》しさだった。

何日かすると、友人たちがお見舞《みま》いに来てくれた。何も言わず、ただただ一緒に泣《な》いてくれた先輩《せんぱい》。何も聞かずに、明るくふるまってくれた人。一メートルもあるスヌーピーのぬいぐるみを持ってきてくれた人。みんなが気づかってくれるのが分かった。

学生時代の恩師《おんし》も、お見舞《みま》いに来てくださった。その先生の前で、私は思いっきり泣《な》かせてもらった。

「あの子がおなかにいる九か月のあいだ、本当に幸せだったんです。あの子が私をあんなにも幸せにしてくれたのに、私はあの子に何もしてあげられなかった。命を助けてあげることもできなかった」と言うと、先生は、

「赤ちゃんはね、温《あたた》かいお母《かあ》さんのおなかの中で、ゆったりとした羊水《ようすい》に守られて、何の不安《ふあん》もなく幸せにすごしていたわよ。お母さんの幸せな気持ちは赤ちゃんにも伝《つた》わって、おなかの中はとても居心地《いごこち》が良《よ》かったはずよ。あなたを幸せにしてくれるためと、赤ちゃん自身がおなかの中での幸せを味わうためだけに命を授《さず》かったということもあるのよ。その子はきっと、なんの不幸《ふこう》も知らず、幸せな時間だけをすごしたと思うわよ。」

恩師のこの言葉が、その後の私をずっと支《ささ》えてくれている。

退院《たいいん》して家に帰ると、すっかり準備《じゅんび》していたベビー用品が待っていた。家の中のどこ

にいても、本当ならば今頃《いまごろ》この腕《うで》の中には赤ちゃんがいるはずなのにと思い、泣《な》いてばかりの毎日だった。とにかく早く赤ちゃんがほしかった。もう一度妊娠《にんしん》すれば帰ってくる、そんな気がして、一刻《いっこく》も早く赤ちゃんを取りもどしたかった。手術《しゅじゅつ》からちょうど二か月たったころ、生理《せいり》が再開し、二度目の生理のあと、私はふたたび妊娠した。

妊娠中は幸せだが、せつない日々だった。不安《ふあん》な毎日を乗りこえて、帝王切開《ていおうせっかい》で無事《ぶじ》に男の子を出産《しゅっさん》した数日後、ようやく一人《ひとり》で起きあがれるようになった私は、一年前に死産《しざん》したときと同じ病室で、かたわらのベビーベッドの赤ちゃんをじっと見つめた。

おなかの中の茉耶《まや》にいつもしていたように、「ちいちゃん？」と話しかけて抱《だ》きあげた。ちがう。この子は茉耶《まや》ではない。はっきりと分かった。性別《せいべつ》がちがうから、顔がちがうから、そんな理由ではなく、私には分かった。二度と、あの子はもどってはこない。あらためて思い知った。

いま腕の中にいるこの子を本当に愛《いと》おしいと思うと同時に、一度も抱くこともできずに逝《い》かせてしまった茉耶《まや》のことを思うと、涙《なみだ》が止まらなかった。元気なわが子を初《はじ》めて抱いた幸せなときに、残酷《ざんこく》な現実《げんじつ》も思い知らされたのである。

平成十年《へいせい》の春、真人《まさと》が幼稚園《ようちえん》に入った。お友だちになった子どもたちには、みんなきょうだいがいた。それも、とくに仲《なか》のよいお友だちにはみんな妹がいて「お兄《にい》ちゃん」と呼《よ》ばれることに、ちょっと憧《あこが》れを感じたようだった。それで、「まっくんも、きょうだいがいたらいいと思う？　お兄ちゃんになりたい？」と聞くと、「うん。ぼくは妹がほしい」と言うようになった。

もう一度、赤ちゃんがほしい。ずっとそう思ってはいたが、真人《まさと》にかかりきっていて、なかなか踏《ふ》みだせないでいた。茉耶《まや》に対する思いやいろいろな不安《ふあん》もあったが、真人《まさと》にきょうだいをつくっておきたい、そう思って妊娠《にんしん》に踏みきった。

「ママのおなかには赤ちゃんがいるから、もう抱《だ》っこはできないよ」と言うと、真人《まさと》はしぶしぶあきらめた。かわいそうなので、座《すわ》って膝《ひざ》の上で抱っこしたりした。抱っこできなくてさびしいのは、真人《まさと》も私も同じだった。

おなかが大きくなってくると、真人《まさと》も赤ちゃんをしっかりと認識《にんしき》したようで、よくおなかをなでたりした。赤ちゃんが動くのをさわっては、「うわあ。動いた、動いた」と大喜《おおよろこ》びであった。「赤ちゃん聞こえますか。お兄ちゃんですよ」と話しかけたりして、気分はすっかりお兄《にい》ちゃんのようである。

「まっくんもお兄ちゃんになるんだよ。赤ちゃんが生まれたら仲良《なかよ》くしてあげてね。」

「うん。ぼくのおもちゃ、み〜んな貸《か》してあげる。」

「赤ちゃんが生まれたら、おやつも何でも分けっこしてあげてね。」

「ママの分《ぶん》を分けてあげればいいじゃん。」

へりくつを言ったりもした。

「まっくん、赤ちゃんさあ、女の子でも男の子でもどっちでもいいよね。」

「だめ！　ぼくは女の子がいいの。男はだめ。」

「でもさあ、どっちが生まれてくるか分かんないんだよ。どっちでも、まっくんはお兄ちゃんなんだよ。」

「う〜ん、じゃあぼく、女の子が生まれますようにって、おまじないしてあげる。」

そう言って一生懸命《いっしょうけんめい》私のおなかをなでていた。

赤ちゃんが生まれることはうれしいようだった。ときどき、Tシャツのおなかの所にサッカーボールを入れては、「ママ、赤ちゃんだよ」と言って、ふざけたりしていた。

私と真人《まさと》はベッドを並《なら》べて寝《ね》ているが、ときどき私のベッドまでころがってきて、手や足がドーンと来る。目がさめたときは「ごめんね、ママ！　赤ちゃんだいじょうぶだった？」と心配そうだ。私は真人《まさと》に背中《せなか》を向けて、できるだけベッドの隅《すみ》で寝《ね》るように心がけた。起きているときにも、ふざけて興奮《こうふん》すると、ついドンとぶつかってきたりしたが、「まっくん！」と言うとハッと思いだして、ぶつかる直前《ちょくぜん》でよけた。ちゃんと赤ちゃんのことを考えるようになってきたのだな、とうれしく思った。

平成《へいせい》十一年の八月。妊娠《にんしん》二十五週に入るころ、重い妊娠中毒症《にんしんちゅうどくしょう》が急激《きゅうげき》にあらわれた。「血圧《けつあつ》もかなり高いし、妊娠中毒症が進んできました。できるだけ早く入院して治療《ちりょう》しましょう」と医師《いし》に言われた。羊水《ようすい》が少なくなっているので、胎児《たいじ》にも何らかの異常《いじょう》があるだろう、最悪《さいあく》の場合は、赤ちゃんがおなかの中で死んでしまう可能性《かのうせい》があるということだった。とにかく入院して、できるだけの治療をしながら、おなかから出しても赤ちゃんが育つことができそうな週数まで、なんとか妊娠を継続《けいぞく》できるようにすることになった。

私はおなかの子に、〝今日《きょう》では死なない。明日《あす》もかならず生きているように〟という思いを込《こ》めて、パッと思い浮《う》かんだ「明日香《あすか》」という名をつけた。

真人《まさと》は実家《じっか》に預《あず》かってもらうことにした。実家は車で五分ほどの近さで、真人《まさと》はこれまでもたびたび一人で泊《と》まりに行っている。母に連《つ》れられて、大阪《おおさか》の曾《ひい》おじいちゃんのところにもときどき泊まりがけで行ったりもしているので、それほどさびしがったりしないだろうと思っていた。

「ママと赤ちゃん、病気なの。病院にお泊まりするかもしれないから、おばあちゃんのおうちでおりこうにしててね。」

「うん、ぼく、おばあちゃんとこでおりこうしてるから、ママもがんばってね。」

殊勝《しゅしょう》なことを言う。つい、うるうるしてしまった。

入院するまでの数日間、ときどき夕食を食べに私も実家に行くと、いつも以上に甘《あま》えてきた。「ママぁ、ぼくね、本当はね、おうちに帰りたいの。ママと一緒《いっしょ》にねんねしたいの。でもね、ぼくお兄《にい》ちゃんになるからがんばってがまんしてるんだよ。」

おなかの明日香《あすか》のことが心配だった私は、この言葉で泣《な》けてきてしまった。小さい真人《まさと》でさえがんばっているのだから、私もがんばろうと思った。

しかし、入院してわずか五日目、明日香《あすか》は亡《な》くなってしまった。妊娠《にんしん》二十八週目に入る二日前のことだった。


エコーの画面を見ながら先生は「うん、心臓《しんぞう》止まってるね」と言った。呆然《ぼうぜん》とした。すぐには起きあがれなかった。看護婦《かんごふ》さんに支《ささ》えられて、診察台《しんさつだい》から椅子《いす》に移《うつ》った。

「残念《ざんねん》だけどね。実は、羊水《ようすい》が少ないと分かった時点で、こうなることは予測《よそく》してたんです。九十九％だめだろうと、思ってました。こんなに早い時期に中毒症《ちゅうどくしょう》が一気《いっき》に進んでは、赤ちゃんが育たないんです。これほど急激《きゅうげき》に状態《じょうたい》が悪化《あっか》するのは、中毒症だけでなく、赤ちゃんにも何らかの問題があったからだと思います。」

ゆっくりと話す先生の言葉を、引きよせるようにして頭の中に入れた。しばらくして夫《おっと》が来てから、先生が、これから赤ちゃんをどうやって外に出すかという話をはじめた。こんなときなのに、ひどく冷静《れいせい》に話を聞ける自分が不思議《ふしぎ》だった。

下からの普通分娩《ふつうぶんべん》にするか、帝王切開《ていおうせっかい》にするか、先生は二つの方法のそれぞれのリスクを説明《せつめい》された。普通分娩にすると、帝王切開《ていおうせっかい》の経験《けいけん》しかない私は、三日間くらいかけて子宮口《しきゅうこう》を開かなくてはならないが、重度の妊娠中毒症《にんしんちゅうどくしょう》であったため、三日もかかるとそのあいだに胎盤早期剝離《たいばんそうきはくり》や、子癇《しかん》（けいれんや意識喪失《いしきそうしつ》などの発作《ほっさ》）を起こす危険《きけん》性《せい》もあった。しかし帝王切開にすると、まだ赤ちゃんが小さいため、子宮を縦横《たてよこ》両方に切らなければいけない可能性《かのうせい》があるので、母体《ぼたい》にかかる負担《ふたん》が大きいということだった。

結局《けっきょく》、血圧《けつあつ》が非常《ひじょう》に高かったため、その夜、帝王切開になったが、赤ちゃんは通常《つうじょう》の帝王切開どおり、子宮を横に切っただけでスルっと出てきた。明日香《あすか》が私の体を気づかってくれた気がした。

幼稚園《ようちえん》でのおけいこを終えた真人《まさと》が母に連《つ》れられてきたのは、まだ先生と夫《おっと》と三人で、二つの方法について相談しているところだった。

「ママ、赤ちゃん死んじゃったの？」と心配そうな顔で聞く。「うん、そうなの」と私は答えた。

夫《おっと》は仕事があるので帰り、母も用事があったのでひとまず帰ることになり、私は真人《まさと》を置《お》いていって、と頼《たの》んだ。病室にもどり、真人《まさと》と二人っきりになった。

「ぼく、おばあちゃんとこで、がんばってたのに、ママはがんばれなかったの？」と聞かれて、とうとう涙《なみだ》が出てきてしまった。

「ごめんね、まっくん。ママがんばれなかったんだ。」

「じゃあ、ぼくがまたママのおなかに赤ちゃんが生まれますようにって、おまじないしてあげるからね。泣《な》かないでね」と頭をなでてくれ、私のおなかのところで手を合わせてお祈《いの》りをしてくれた。今の私にとって、この子だけが支《ささ》えだと思った。

真人《まさと》は、私の妊娠《にんしん》を理解《りかい》してから、何度も「ママのおなかに赤ちゃんが生まれた」という言い方をした。そうなんだ。明日香《あすか》は、私のおなかの中で確《たし》かに生まれたんだ。幼《おさな》い真人《まさと》が一番的確《てきかく》に表現していたのだった。

つぎの日の午後、麻酔《ますい》がさめて意識《いしき》がはっきりしたところへ、母と一緒《いっしょ》に真人《まさと》がやってきた。「ママ、赤ちゃんもう出したの？」と聞くので「そうよ。赤ちゃんね、女の子だったよ。まっくんの妹だったのよ」と言うと、「赤ちゃんはどこにいるの」と不思議《ふしぎ》そうにたずねる。どうも今ひとつ理解できていないのかもしれないと思った。

二日たって、私が起きあがれるようになると、私のおなかを見て「ママのおなかにまだ赤ちゃん入ってるの？」と聞く。大き目のタオルなどをグルグル巻《ま》いたおなかを見て、まだ大きいままだと思っているらしい。私は一度じっくり話そうと思い、真人《まさと》を膝《ひざ》の上に乗せて言った。

「赤ちゃんはね、もう死んでしまったの。ママのおなかにはもういないんだよ。でもね、赤ちゃんは死んじゃったけど、まっくんにも妹がいたんだよ。まっくんもちゃんとお兄《にい》ちゃんになったんだからね。赤ちゃんのこと忘《わす》れないでいてあげてね。」

「じゃあ、赤ちゃんはどこに行ったの？」

「赤ちゃんはね、今は病院の他のお部屋《へや》にいるんだけど、もうすぐ遠いところに行っちゃうの。」

明日香《あすか》と対面《たいめん》することになったとき、たまたま母と真人《まさと》が病院に来ていた。もしかしたら婦長《ふちょう》さんは、母が来ているのを知って、声をかけに来てくれたのかもしれない。

私は、真人《まさと》にも会わせるつもりでいたが、母は「日にちがたっているし、そんな小さい赤ちゃんを見せるのはやめたほうがいい」と反対した。私は、会わせたほうが、赤ちゃんがいて、そして死んでしまったことなどを、ちゃんと理解《りかい》できると思った。真人《まさと》は、何でも筋道《すじみち》を立ててきちんと説明《せつめい》しなければ納得《なっとく》しない子だった。私は、明日香《あすか》のことを忘《わす》れないでいてほしいという思いもあって、真人《まさと》も明日香《あすか》に会わせることにした。

「前（茉耶《まや》の死産《しざん》のこと）のときとは全然ちがいますよ。まだ週数が少ないので、本当に小さいですよ」と婦長《ふちょう》さんに念《ねん》を押《お》された。三階の病室から一階までエレベーターでおり、廊下《ろうか》に出たらちょうどベビー室の入り口の所で看護婦《かんごふ》さんが赤ちゃんを抱《だ》っこしてミルクをあげていた。私に気づくと、看護婦さんは部屋《へや》の中にさっと引っこんだ。婦長さんがあわてて走っていき、「今から松村さんが赤ちゃんに会われますから」と言って、ベビー室のドアを閉《し》めた。私に他の赤ちゃんを見せないように気づかってくれていると分かった。

明日香《あすか》は手術室《しゅじゅつしつ》に置《お》かれた小さな箱の中で、ドライアイスに囲《かこ》まれていた。胸《むね》のところで手を合わせて眠《ねむ》っていた。

本当に小さい赤ちゃんだった。でも、くっきりとした眉《まゆ》と、驚《おどろ》くほど長い睫毛《まつげ》が印《いん》象的《しょうてき》な、とてもきれいな顔をしていた。なんだか二歳くらいの女の子の顔をしている。

成長《せいちょう》した顔を見ることができないから、神様がせめてものプレゼントとして、こんなきれいな顔立《かおだ》ちにしてくれたのだろうか。まるで本当の天使《てんし》のように思えた。

「ごめんね。ごめんね」。それしか言葉は出てこなかった。しっかりとドライアイスに囲《かこ》まれていたので、箱から出すことはできず、抱《だ》っこすることはできなかった。そのかわり、頭も、顔も、手も、何度も何度もなでつづけた。母に買ってきてもらったピンクのベビードレスとおしゃぶりを中に入れた。婦長《ふちょう》さんが泣いている私の肩《かた》に手をかけ、「きっと、すぐに帰ってきますよ」と言って慰《なぐさ》めてくれた。

明日香《あすか》を見た真人《まさと》は「赤ちゃん死んじゃったから、紫色《むらさきいろ》なの？」と言った。「ちゃんとお顔をよく見てあげようね」と言うと「ちっちゃいけど、可愛《かわい》い顔してるね」と言って手を合わせていた。

病室にもどると、真人《まさと》は泣《な》いてる私を心配そうにじっと見つめて言った。

「ママ、赤ちゃんはね、死んじゃったから、きっとお空に行ったんだよ。お空に行ってお星様になるんだよ。」

「そんなこと誰《だれ》に聞いたの？」

「誰にも聞かないけど、ぼく、分かったの。」

「そうだね、きっとお星様になって、まっくんのことをいつも見てるよ。」

「じゃあ、ぼくおりこうにしてないと笑《わら》われちゃうよね。」

真人《まさと》の心にも、亡《な》くなった妹のことがしっかりと根《ね》をおろしたように思えた。

その夜、夫《おっと》と夫の母と一緒《いっしょ》に、明日香《あすか》にもう一度会うことができた。お花を買ってきてもらい、明日香《あすか》のまわりをピンクのお花でいっぱいにしてあげることができた。手術《しゅじゅつ》の直後《ちょくご》に生まれたての明日香《あすか》を抱《だ》っこしていた夫は、「あの時は全身ピンク色で、もっともっと可愛《かわい》かった」と言った。

数日して、おなかの抜糸《ばっし》がすんで、ガードルなどで締《し》めるようになると、真人《まさと》は小さくなったおなかを見て「ママ、赤ちゃんいなくなったから、立って抱っこして」と言った。ずっとがまんしていたんだな、と思い、本当はまだおなかに力を入れると痛《いた》いのだが抱っこしてみた。ほんの四か月ほどのあいだに、よろけるほど重くなっていた。

私にしがみついて顔を埋《うず》めていた真人《まさと》は「ママ、赤ちゃん可愛《かわい》かったね」と言った。

私は「そうだね」と言ってギュッと真人《まさと》を抱きしめた。

真人《まさと》に妹、香華《きょうか》が生まれたのは、一年後の平成《へいせい》十二年七月だった。切迫早産《せっぱくそうざん》で入院し、張《は》り止《ど》めの薬の点滴《てんてき》をして、妊娠《にんしん》三十七週に入るのを待っての帝《てい》王切開《おうせっかい》だった。手術台《しゅじゅつだい》に上がる、最後《さいご》の最後まで不安《ふあん》はなくならなかった。

今回は、妊娠《にんしん》したことをなかなか友人に伝《つた》えられないでいた。真人《まさと》のときのように、〝妊娠おめでとう、これで前のことは帳消《ちょうけ》しね〟、みたいに言われるのではないか、もしかしたら、子どもを亡《な》くしてもつぎつぎと妊娠して、と思われるのでは、という不安《ふあん》があった。

無事《ぶじ》に生まれてくれた新しい命はとてもうれしいことだが、やはり亡くした二人《ふたり》の子に対する思いは少しも変わらない。つぎの子が生まれても悲しみが消えるわけではないということを、まわりの人に分かってほしかった。

私は、それぞれ亡くなった子のちょうど一年後に生まれた二人の子を育てながら、永《えい》遠《えん》に追いつけない一年をずっと追いかけていく。私にとっては、おなかの中で亡くなった二人の子どもも、元気に生きている二人の子どもも、同じように大切なわが子である。

お母《かあ》ちゃん、遊月《ゆづき》ちゃんはコタルになったの。

川合藤花（かわい・ふじか）・神奈川県川崎市
［死産時29歳］

遊月《ゆづき》は、私のおなかの中で一生《いっしょう》を終えた。

お月様がきれいな九月に生まれるのだから、お父《とう》さんは「月」を名前につけたいな。

のびのび遊《あそ》べる子になってほしいから、お母《かあ》さんは「遊」の字をつけたいな。

じゃあ、二つ合わせて「遊月《ゆづき》」にしよう。

お父さんは「おーい、起きてるかー」とおなかをユサユサするのが大好《だいす》きだった。

お姉《ねえ》ちゃんの美風《みふう》は、おなかに「いいこいいこ」をして、ちゅっ、とキスをするのが大好きだった。遊月《ゆづき》は、おなかの中で、いっぱいのゆりかごと、いっぱいのキスと、い

っぱいの「いいこいいこ」で、きっと幸せだったと思う。

遊月《ゆづき》を初《はじ》めて見たのは妊娠《にんしん》五週目くらい、まーるいお豆さんのような影《かげ》がエコーの画面に映《うつ》っていた。うわー、卵《たまご》だ。これが赤ちゃんになって出てくるなんて、本当に不思《ふし》議《ぎ》。一か月後の検診《けんしん》では、いもむしのように見えた。おもしろい。可愛《かわい》い。来年の今ごろは、遊月《ゆづき》とお姉《ねえ》ちゃんと、いろんなところに行きたいな。

妊娠期間中は、最後《さいご》の二週間を除《のぞ》いて、遊月《ゆづき》と私はのんびりすごすことができた。長女の美風《みふう》の保育園《ほいくえん》のお迎《むか》えを何とかやりくりして残業《ざんぎょう》しても、遊月《ゆづき》と二人一緒《ふたりいっしょ》にがんばっている気がして、頼《たの》もしく感じることさえあった。

妊娠三十四週を迎えるころ、私は産前休暇《さんぜんきゅうか》をとり、出産《しゅっさん》の準備《じゅんび》に入った。職場《しょくば》の同《どう》僚《りょう》みんなの前で、自分の都合《つごう》で迷惑《めいわく》をかけるだろうことをわび、生まれたら連絡《れんらく》しますね、などと明るくあいさつしたことをはっきりと思いだせる。皆口々《みなくちぐち》に「元気な赤ちゃんを産《う》んできてね」と言って拍手《はくしゅ》で送りだしてくれた。私も何のためらいもなく「はい」と答えたのだった。

長女の美風《みふう》を連《つ》れて、私は出産《しゅっさん》のため九州《きゅうしゅう》の実家《じっか》に里帰《さとがえ》りした。妊娠《にんしん》三十五週に入って実家近くの病院を受診《じゅしん》した日、ひととおりエコーで診《み》たあと、先生が「赤ちゃんが少し、小さいようですね。お一人目《ひとりめ》も、小さかったですか？」と聞く。

今までそんなことを聞かれたことはない。私の不安《ふあん》が先生にも伝《つた》わったのか、「いや、学校でいうと、一番前に並《なら》ぶタイプかな」と、優《やさ》しく言ってもらって少し安心した。私は小柄《こがら》だし、小さく産《う》んで、大きく育てればいいんだから、などと考えていた。

この日、夫《おっと》も一緒《いっしょ》に、エコーに映《うつ》る遊月《ゆづき》に会った。夫にとっては、これで二度目だ。初《はじ》めて実際《じっさい》にエコー画面で遊月《ゆづき》の心臓《しんぞう》がドクドク動いているのを見たとき、夫は、「いやぁ、感動したわ。お父《とう》さんも検診《けんしん》に来てこれを見るべきや！ 義務化《ぎむか》すべきや！」と興奮《こうふん》していた。二度目のこの日も、遊月《ゆづき》に会えるのを楽しみにしていた。つぎの日、川崎《かわさき》の自宅《じたく》に帰っていった夫にとって、これが生きている遊月《ゆづき》をその目で確認《かくにん》できた最後《さいご》になった。

私が内診《ないしん》を受けているあいだ、夫は看護婦《かんごふ》さんに取り囲《かこ》まれて、妊婦《にんぷ》の大変《たいへん》さを味わうための、胸《むね》とおなかがふくらんだゴム製《せい》の重たいエプロンみたいなものをつけさせられ、「これ、ほんとにこうなんですか？　もうはずしてもいいですか？」と聞いていた。看護婦《かんごふ》さんは「まーだまだ。奥《おく》さんが診察室《しんさつしつ》から出てくるまでつけてなさい」と笑《わら》っていた。

ここまでは、本当におだやかで温《あたた》かい妊娠《にんしん》の記憶《きおく》だ。

二週間後の検診《けんしん》の日、先生が「大きくなったかな」とエコーをあてる。

「んー、へその緒《お》が巻《ま》いているようだね。でも、へその緒が巻くのはよくあることだし、気にしなくていいですよ。」

さらに先生がエコーを操作《そうさ》すると、今まで見たことのない色付きの画面に変わった。もしかして、へその緒をみているのかな、酸素《さんそ》がちゃんといっているかどうか、なんかが分かるのかしら。その画面については何の説明《せつめい》もない。私も何だかこわくて聞くことができなかった。きっとお産《さん》まぢかになると、ああやって何か調べてるんだろう、一人目《ひとりめ》のお産からもう四年もたっているし、その間にこの病院も最新《さいしん》の設備《せつび》を入れたんだろう、そう思おうとしていた。

さらに一週間後の妊娠《にんしん》三十八週目の検診《けんしん》の日。エコーの時間が長い。エコーは大好《だいす》きだからずーっと見ていられるのはうれしいけれど、同じ場所をいろいろな角度から見てるみたい。それに、なんだか取《と》り囲《かこ》む看護婦《かんごふ》さん、助産婦《じょさんぷ》さんの数が多くない？　そんなことに気づきはじめたとき、また、先週見た色付きの画面に変わった。そして、唐突《とうとつ》に、

「心臓《しんぞう》が、ちょっと、大きいようだね。心臓に穴《あな》があいている可能性《かのうせい》が高いです。」

頭がぼんやりしてくる。

「お住《す》まいはどちらでしたっけ？」

「え？　何ですか？」質問《しつもん》の意味が分からず、四回も聞き返した。住んでいる場所と、心臓に穴があいていることと、どうつながるの？　心臓に穴って、どういうこと？

「お産《さん》のときにチアノーゼ、つまり酸欠状態《さんけつじょうたい》などを起こす、赤ちゃんが紫色《むらさきいろ》になって出てくる可能性《かのうせい》があります。今のお住まいに近い、大きい病院に紹介状《しょうかいじょう》を書きます。」

「ああ、小脳《しょうのう》のうしろにもすきまがあるね。すきまがちょっと大きいね。ごめん、心臓はこの前から気になってたけど、小脳は気づいてなかった。」

チアノーゼという言葉は知っている、でもこれはチアノーゼで終わる話ではないのではないか。いくら私でも、このときにはどういう事態《じたい》か、分かりはじめていた。心臓《しんぞう》と、脳《のう》なのだ。ふつうに生まれてくるには、重要《じゅうよう》な場所が異常《いじょう》なのだ。この時点で、私は〝ふつうの、元気な赤ちゃんを産《う》むことはできない〟とはっきり悟《さと》ったのだった。

まさかこんなことになるとは思いもよらなかった。おなかの赤ちゃんは昨日《きのう》までの赤ちゃんと変わりないはずなのに、一瞬《いっしゅん》、私はまるで見知らぬ物体をおなかの中に入れているような錯覚《さっかく》をもってしまった。同時に、大きな不安《ふあん》が襲《おそ》ってきた。つかみどころのない圧倒的《あっとうてき》な不安だった。

NICU《エヌアイシーユー》（新生児集中治療室《しんせいじしゅうちゅうちりょうしつ》）のある総合病院に移《うつ》って、検査《けんさ》の結果《けっか》、遊月《ゆづき》の病名が確定《かくてい》した。数千人に一人《ひとり》と言われる、脳と心臓に重い奇形《きけい》を伴《ともな》う先天異常《せんてんいじょう》だった。私が推測《すいそく》した病名よりも残酷《ざんこく》な診断《しんだん》だった。「おなかから出たらすぐに死ぬ可能性《かのうせい》が高いし、さまざまなリスクを考慮《こうりょ》すると、帝王切開《ていおうせっかい》もできない」と先生は言う。自分とおなかの赤ちゃんだけ、別《べつ》の世界にいるような気がした。出産《しゅっさん》がそのまま「死」になるかもしれないなんて。陣痛《じんつう》がくるのがこわくてたまらなかった。

異常《いじょう》を聞いたとき、まるで見知らぬものがおなかの中にいたように感じた赤ちゃんは、今度は以前《いぜん》にも増《ま》して愛《いと》しいものになった。がんばって、がんばって。ここまでがんばった遊月《ゆづき》だからきっとだいじょうぶ、きっと先生もびっくりする、こんな例《れい》はないって、びっくりする。

私が泣《な》くとおなかも痛《いた》くなる。おなかの中の遊月《ゆづき》が「苦しいよー」と言っているかのようだ。だからできるだけ泣かないようにした。

私は昼間《ひるま》、パソコンにかじりついた。もしかしたら、もっと希望《きぼう》が持てる情報《じょうほう》が見つかるかもしれない。それに、おなかの子に何が起こっているのか、もっと知りたかった。いくら病院で説明《せつめい》されても、なぜこうなったの?と疑問《ぎもん》は尽《つ》きない。私は、これまでほとんど利用《りよう》したことのなかったインターネットの世界をさまよった。先生から受けた説明と同じような内容《ないよう》の医学的なサイトがひとつふたつ見つかったあと、やっと遊月《ゆづき》と同じ先天《せんてん》異常《いじょう》の赤ちゃんの成長《せいちょう》記録《きろく》にたどりついた。

ちゃんと生《い》きている、ちゃんと生《う》まれることもあるんだ。たとえ、わずかな可能性《かのうせい》でも、生まれてきて、そして育っている。すぐにその情報《じょうほう》を川崎《かわさき》の夫《おっと》にメールする。

「先生はああ言ってたけど、こうやってがんばってる子もいるよ。遊月《ゆづき》もきっとだいじょうぶ。でも、生まれたあと大変《たいへん》なことはまちがいないから勉強してて。私もできるだけもっと情報探《さが》すから。」私は夫にも、この子を受け止めてほしいと願《ねが》った。

そのころの私は、生《い》きて生《う》まれてくる可能性《かのうせい》が一％とは、〝分娩《ぶんべん》時九十九％仮死《かし》〟を意味するのだとばかり思っていた。赤ちゃんが陣痛《じんつう》のストレスに耐《た》えられないと説明《せつめい》されていたからだ。それなら、お産《さん》の時間を短くすれば、仮死になる可能性も少ないのではないか。できるだけ短時間で産《う》んであげる。だから遊月《ゆづき》もできるだけ下のほうに降《お》りておいで。一回か二回息《いき》んだだけで出てこられるくらいなら、きっとだいじょうぶだよ。だからがんばって。

美風《みふう》には、遊月《ゆづき》の病気のことはもちろん、生まれてくることがむずかしいかもしれないということも教えてなかった。生まれてきてくれる。そう信《しん》じていたかった。美風《みふう》だけが、前と変わらず、赤ちゃんの誕生《たんじょう》を楽しみに待っていた。

出産《しゅっさん》予定日を三日すぎた日、朝から胎動《たいどう》がなかった。

「おはよう遊月《ゆづき》。起きてる?」と聞くのが日課《にっか》で、いつも〝うーん、もう起きたのお?〟とばかりに動いていた遊月《ゆづき》が、今日《きょう》に限《かぎ》って何の反応《はんのう》もない。一瞬不安《いっしゅんふあん》になる。

結局《けっきょく》、夕方になるまで、はっきりした胎動《たいどう》を感じることができなかった。もう、このままにはしておけない。病院に電話した。

「赤ちゃんが死んでしまって最初《さいしょ》の兆候《ちょうこう》は、胎動がなくなることなんです。その他に自覚症状《じかくしょうじょう》はありません。だいじょうぶかもしれませんが、入院の用意をしてきてください。」

入院手続《てつづ》きをとったのが二十時三十分。助産婦《じょさんぷ》さんが、赤ちゃんの心音《しんおん》をとる。

ドクッ、ドクッ、ドクッ、ドクッ。

「あー、生きてますね」。私はほっとして笑《え》みがもれた。でも助産婦さんは複雑《ふくざつ》な表情《ひょうじょう》だ。つぎにNST《エヌエスティー》で赤ちゃんの状態《じょうたい》を確認《かくにん》する。心拍数《しんぱくすう》は0から50くらいのあいだをいったりきたり。たしか、140から150くらいが正常《せいじょう》な心拍数のはず。数値《すうち》も赤色になったりして、危険信号《きけんしんごう》を送ってくる。

ああ、もう、弱っているんだな。

主治医《しゅじい》ではない別《べつ》の先生がやってきて、「別室《べっしつ》で赤ちゃんの心音《しんおん》を聞いてましたが、だいぶ弱ってます。酸素《さんそ》が全身に行きわたっていない状態《じょうたい》です。陣痛《じんつう》がくる前に、あるいはお産《さん》の途中《とちゅう》で、赤ちゃんは死んでしまう可能性《かのうせい》が大きいです」と私に告《つ》げた。

助産婦《じょさんぷ》さんがエコーをあてると、何とかまだ生きている状況《じょうきょう》が伝《つた》わってくる。そのうち、びくんびくんと、胎動《たいどう》があった。それにつれて心拍《しんぱく》の数値《すうち》が大きく動く。そして、また0になった。一緒《いっしょ》にいた母が「もう、見ないようにしなさい」と言う。助産婦さんが、ふたたび心音《しんおん》をとろうとするが、とれない。おなかのいろんな位置《いち》にマイクをあてている。ばたばたと診察室《しんさつしつ》を出る助産婦さん。そしてさっきの先生が入ってきて、「もう一度赤ちゃん見せてね」とエコーをあてる。

「川合《かわい》さん、赤ちゃん、死んでしまったようですね。」

「はい」。驚《おどろ》くほど冷静《れいせい》に返事ができた。冷静にできた、と思ったとたん、涙《なみだ》があふれた。先生が「主治医《しゅじい》に連絡《れんらく》して」「ご家族の方《かた》にも」と言っているのが遠くに聞こえる。

最後《さいご》に、びくん、びくんと動いた胎動、朝から感じなかったのに、最後に動いた、あれが最後だったんだ。

「一九九九年九月六日二十一時二十分、子宮内胎児死亡《しきゅうないたいじしぼう》。」

母子健康手帳《ぼしけんこうてちょう》に書きこまれた記述《きじゅつ》だ。四十週と三日の命だった。


そのあとは、亡《な》くなった赤ちゃんが長時間おなかの中にいると、その影響《えいきょう》で母体《ぼたい》の血液《けつえき》が固《かた》まりにくくなるということで、誘導《ゆうどう》による分娩《ぶんべん》となった。

「赤ちゃんもよくがんばった。最後《さいご》までおなかの中で幸せだった。赤ちゃんを出してあげよう。それが最後《さいご》の仕事だよ」という父の言葉が頭の中で響《ひび》いていた。

誘導をはじめてから約十五時間後、午後十二時五十八分、分娩終了《しゅうりょう》。紫色《むらさきいろ》をしていた。

苦しかったろうね、遊月《ゆづき》。でも、口元《くちもと》は笑《わら》っているかのよう。お姉《ねえ》ちゃんの美風《みふう》の生まれたときにそっくり。指にも、小さな小さな爪《つめ》が生《は》えていて、髪《かみ》の毛も美風《みふう》と同じくちゃんと黒々としていて、体が紫色でなかったら「先生、寝《ね》てるだけじゃないんですか？」と聞いてしまったかもしれない。

「みーちゃんの生まれたときにやっぱり似《に》ているよね」と夫《おっと》と泣《な》き笑《わら》い。

昨日《きのう》まで遊月《ゆづき》はあんなに動いていた。

「はやくはやく、ほら今動いているから」。「ほんとだー」。おなかを抱《だ》きかかえて喜《よろこ》んでいたお姉《ねえ》ちゃん。遊月《ゆづき》は、お姉ちゃんにも一生懸命《いっしょうけんめい》自分が生きていたことを知らせたかったんだね。お母さんには「ばいばい」って、最後《さいご》にがんばって言ってくれたんだね。

お父《とう》さん、お姉ちゃん、おじいちゃん、おばあちゃん、みんなに生まれたての遊月《ゆづき》を会わせてあげることができて、遊月《ゆづき》、ちゃんとお母さんの願《ねが》い、聞いてくれたんだね。

横になったまましばらく抱《だ》かせてもらい、そして遊月《ゆづき》は連《つ》れていかれた。

分娩《ぶんべん》が終わってすぐ、医師《いし》から解剖《かいぼう》の話をされたとき、一緒《いっしょ》に聞いていた母は「そんなことはしなくても」という意思表示《いしひょうじ》をし、父は「もう、痛《いた》みは感じないんだよ、先生がそうおっしゃるなら」というようなことを言った。私自身は、最初《さいしょ》、いやだと言った覚《おぼ》えがあるが、医師から「胎内死亡《たいないしぼう》の原因《げんいん》が胎児《たいじ》の先天異常《せんてんいじょう》のためなのか、それとも、へその緒《お》が巻《ま》いていたせいなのか、それを知りたいのです。これからの医学のために」というような説明《せつめい》を受け、承諾《しょうだく》した。とても冷静《れいせい》に判断《はんだん》できる状況《じょうきょう》ではなかったが、とにかく私も夫《おっと》もイエスと返事をした。

ただ、解剖後《かいぼうご》、ちゃんと元にもどしてもらえるのか、まさか切ったままの状態《じょうたい》でもどってくるなんてことはないのか、その点ははっきり聞いた。医師側《いしがわ》も「ちゃんと、きれいにもどします」と説明《せつめい》してくれた。

解剖の結果《けっか》、胎内死亡《たいないしぼう》の一番の原因《げんいん》は、臓器《ぞうき》のうっ血《けつ》状態などからして、へその緒《お》であろうという説明を受けた。かなりきつく巻《ま》いていたということだし、穴《あな》のあいた遊月《ゆづき》の心臓《しんぞう》が耐《た》えられなかったのだろう。原因が分かったからといって、だからどうなるというものでもないが、親としては、それで何かの役に立ったのなら、と思う。遊月《ゆづき》のすべてを知りたい、たとえそれが遊月《ゆづき》の死の原因でも、という思いが強く、解剖したことに対する罪悪感《ざいあくかん》や後悔《こうかい》の念《ねん》は、今も私にはまったくない。ただ、あのときは、きれいに元にもどった遊月《ゆづき》が、もう一度私の腕《うで》の中にもどってくると、無意識《むいしき》のうちに思っていた。それが無理《むり》なら、ひとことそう言ってほしかった。

つぎに会えたとき、遊月《ゆづき》はお棺《かん》の中で、ピンクの洋服と帽子《ぼうし》をかぶせてもらい、お花に囲《かこ》まれていた。そこから遊月《ゆづき》を抱《だ》きあげることはできなかった。遊月《ゆづき》の顔を泣《な》きながら見つめることしかできなかった。結局《けっきょく》、それが私が会った最後《さいご》の遊月《ゆづき》だった。

明日《あす》が火葬《かそう》という日、どうしても遊月《ゆづき》に会いたくなった。お乳《ちち》を止《と》める薬を飲んでいたのに、お乳が出てきたのだ。出産後《しゅっさんご》、最初《さいしょ》の数日間に出るこのお乳は、初乳《しょにゅう》といって、赤ちゃんにとって大事な免疫《めんえき》をふくんでいるという。今度生まれてくるときは、どんな病気にも負けない子になってほしい、せめてこのお乳を遊月《ゆづき》の口に入れてあげたい。もう一度会わせてほしいと頼《たの》むと、看護婦《かんごふ》さんは困《こま》った様子《ようす》で、「たぶん、もう業者さんのところへ行っているでしょう」と答えた。

そうだ、たしかそんなことを言っていたような気がする。

産後の私は、すべて夫《おっと》にまかせていたので、明日《あす》、火葬《かそう》だということしか考えていなかった。遊月《ゆづき》は自分と同じ病院の中にいるとばかり思いこんでいた。ショックだった。これまでずっと一緒《いっしょ》にいたのに、遊月《ゆづき》が今どこにいるかも知らなかったなんて。

夫《おっと》に電話をして、明日《あす》、火葬場《かそうば》に行く前に寄《よ》ってもらうことにした。出てきた母乳《ぼにゅう》の雫《しずく》を、美風《みふう》が「お母さんのために」と持ってきてくれていたお花の中に入れた。

そして、もし、遊月《ゆづき》が生きていて、大きくなったら、一緒《いっしょ》にお絵描《えか》きしたであろう犬やネコ、お花、キャンディ、ソフトクリームなどを泣《な》きながら描《えが》いた。

動物くんたちとは、一緒に遊《あそ》んでね。お花はきっと遊月《ゆづき》の心を慰《なぐさ》めてくれるよ。お菓《か》子《し》はおやつにするんだよ。そして、「遊月《ゆづき》ちゃん」と名前を大きく書いてあげた。自分の名前が分からなくて困《こま》ることがないように。お乳《ちち》の入ったお花と、落書《らくが》きのような紙。それだけが、私が遊月《ゆづき》にしてあげられたことだった。

火葬《かそう》は死産《しざん》してから三日後だった。私は火葬にたちあう気になれなかった。遊月《ゆづき》は体じゅうに血液《けつえき》を送るために、穴《あな》のあいた心臓《しんぞう》を大きくしてがんばった。その結晶《けっしょう》ともいえる遊月《ゆづき》の体を、骨《ほね》だけにしてしまうなんて。

朝からその時間がくるのがこわくてたまらなかった。ずっと時計《とけい》を見つめていた。火《か》葬場《そうば》では、夫《おっと》や美風《みふう》、義母《はは》と実家《じっか》の両親が見送ってくれることになっていた。

偶然《ぐうぜん》なのか、ちょうどその時間、午前十時に、昨夜《さくや》私が遊月《ゆづき》に会わせてほしいと頼《たの》んだ看護婦《かんごふ》さんがやってきた。一時間ほど、私の横に座《すわ》って話をしてくれた。

「しばらくは悲しくてたまらないでしょう。悲しいときにその感情《かんじょう》をできるだけ外に出せたほうが、楽になります。とにかく、悲しみを悲しんでください。」「何か話したいことがあったら、ナースステーションに来てください」とも言ってくれたが、多忙《たぼう》なスタッフのことを思うとためらわれたし、行ったとしても何を話したらいいのか分からなかった。ただその一時間のあいだに「こんな経験《けいけん》をしたのは私一人《ひとり》じゃないですよね」とつぶやくと、「そうですね」と何度かこのような体験にたちあったことを話してくれた。

私一人が悲しいんじゃない、この病院の中だけでも、いろんな悲しみを抱《かか》えている人がいる。そう思っても、やはり私の悲しみが消えるわけではない。私は一人の病室で、足をばたつかせ、ベッドをたたいて泣《な》いた。

同じ病棟《びょうとう》の赤ちゃんの泣き声に耐《た》えられず、「夫《おっと》が川崎《かわさき》の自宅《じたく》に帰る前に退院《たいいん》したい」と理由《りゆう》をつけて早めに退院させてもらった。実家《じっか》では、小さな白い箱の中でお骨《こつ》になった遊月《ゆづき》が待っていた。一か月ほどたって、私はやっと遊月《ゆづき》のお骨《こつ》を見ることができた。真《ま》っ白《しろ》なうすい花びらのようだった。

病院は最初《さいしょ》「赤ちゃんは小さいので、お骨はほとんど残《のこ》りません。お拾《ひろ》いになろうと思わないほうがいいです」という説明《せつめい》だった。あとで父が「そんなはずはない」と業者さんにかけあってくれて、お骨を残すことができた。私も夫《おっと》も、死に対してあまりにも無《む》知《ち》だった。どうしたらいいのか、自分たちでは分からなかった。もしかしたら、火葬《かそう》にする前に家に連《つ》れて帰ることもできたのだろうか。今になってそんなことを思う。

なんとか拾《ひろ》うことができたお骨《こつ》も、納骨《のうこつ》の話になると身を切るようなつらさだった。納骨せずに川崎《かわさき》の自宅《じたく》に連れて帰りたいという私と、それに反対する父とのあいだで、大げんかになった。こんなことになるなら、お骨を残さなければよかったとさえ思った。美風《みふう》のリュックに遊月《ゆづき》のお骨を入れて、「遊月《ゆづき》ちゃんをおんぶしていってね」と実家《じっか》から家出《いえで》をするように電車に乗った。美風《みふう》は「うん」と神妙《しんみょう》な顔をして、大切におんぶしてくれた。だが、電車の振動《しんどう》でも、あのうすい花びらのような骨《ほね》が壊《こわ》れそうな気がする。このあと飛行機《ひこうき》にも乗って、バスにも乗って、遊月《ゆづき》が壊れてしまうんじゃないだろうか。私はあとを追いかけてきた母に、泣《な》きながら遊月《ゆづき》のお骨《こつ》を託《たく》し、九州の実家《じっか》で納《のう》骨《こつ》してもらうことにした。

おなかにぽっかり穴《あな》があいた。こんな欠乏感《けつぼうかん》は、生まれて初《はじ》めてだった。来年の今ごろは……と想像《そうぞう》していた季節《きせつ》になっても、赤ちゃんはいない。お乳《ちち》も出るのに、それを飲んでくれる赤ちゃんがいない。抱《だ》っこも一度だけしかできなかった。

まだ顔も見たことのなかった赤ちゃんの死が、これほど悲しいとは、死産《しざん》になるまで分からなかった。それでも、できるだけ人前《ひとまえ》では、とくに娘《むすめ》の美風《みふう》の前ではふつうにふるまおうとした。

ただ夫《おっと》にだけは、感情《かんじょう》が抑《おさ》えられなかった。私はこれほど悲しいのに、あなたは悲しくないのか。赤ちゃんが死んだのは私のせいだと思っているにちがいない。何か私が悪いことをしたからこんな目にあうと、本心《ほんしん》では思ってるんだろう。そんな思いが怒《いか》りとなって夫《おっと》に向かった。そんな私を、夫と娘は一生懸命《いっしょうけんめい》支《ささ》えてくれた。

「だいじょうぶ、お母《かあ》ちゃん、泣《な》かないで。遊月《ゆづき》ちゃんはね、コタル（蛍《ほたる》のこと）になったの。人は死んだらコタルになるの。ね、一緒《いっしょ》にコタルになれーって言おうよ。」

とにかく、この娘《こ》のために、早くもとの精神状態《せいしんじょうたい》にもどらなければ。そう思っても、四か月くらいすると無理《むり》が出てきた。絵本を読んであげていても「遊月《ゆづき》にはこんなことしてあげられなかった」、公園で遊んでいても「遊月《ゆづき》にはこんなことできない」と思ってしまう。美風《みふう》が一生懸命《いっしょうけんめい》話しかけてきても、その言葉が頭に入ってこなくなった。

いつもなら優《やさ》しく言いきかせることができるようなささいなことでも、声を大きくして叱《しか》りつけるようなこともあった。娘《むすめ》もやはり私の状態《じょうたい》が前と変わったことに敏感《びんかん》になっているような気がする。このままじゃいけない、という気持ちはあっても、態度《たいど》がついていかない。どんどん追いつめられていくような気がした。美風《みふう》を愛《いと》しい気持ちに変わりはないはずなのに、もう一人の自分がその娘の存在《そんざい》をうっとおしいと思っている。思いっきり泣《な》きたいときに泣けない、一人になりたいのになれない。

その反面、異常《いじょう》なくらい美風《みふう》のことが心配でしかたがない。ちょっと病気になっても、この子までいなくなってしまうかもしれないと取《と》り乱《みだ》してしまう。遊月《ゆづき》が亡《な》くなったこと、美風《みふう》が病気になること、そういうことすべてが自分のせいのように感じられて〝私がいないほうがいい〟と思いこんだ。その思いが頂点《ちょうてん》に達《たっ》したとき、夫《おっと》に伝《つた》えた。

「この子が愛《いと》しい、その気持ちは変わらないけど、だからこそ、これまでは私といることが一番だと思っていたけど、もう自信がない。この子のためにも、しばらく距離《きょり》を置《お》いたほうがいいかもしれない。」

夫《おっと》は、私自身のそのときの気持ちを娘《むすめ》に素直《すなお》に話せ、当たりたくなったら娘にではなく自分に当たれ、それでももし、必要《ひつよう》以上に娘を叱《しか》りつけたり当たってしまったと自分で思った場合は、あとできちんと娘に説明《せつめい》しながら「ごめんね」と言えばいい。そして、おかしくなりそうだと思ったら、すぐ自分に知らせろ、と言ってくれた。

それから、休日には娘を連《つ》れて遊びに出かけてくれるようになった。以前よりもひんぱんに、長時間。もちろん、私も調子がいいときは一緒《いっしょ》に行くようにした。でも、だめなときは夫に頼《たの》んで一人の時間をつくってもらった。夫に話して、フォローしてもらうことができて、ずいぶん心が落ちついた。


亡《な》くなった赤ちゃんへの思いを口にするのはむずかしい。あの子自身の思い出がほとんどないからだ。そのことで人は、それほど悲しいはずはないと思うのかもしれないが、私は〝あの子自身の思い出がない〟ことが悲しくてしかたがない。誰《だれ》かとあの子のことを話すこともできない。

あの子のことをもっと知りたかった。あの子を愛《いと》しいと思う気持ちはあふれるほどあるのに、そのあふれた思いをすくってくれる器《うつわ》がない。

他人から見たら、おなかの中で亡《な》くなった子は、あまりにも存在感《そんざいかん》のない子だろう。記憶《きおく》にも残《のこ》らないかもしれない。でも、あの子はまちがいなく、私のおなかの中で生きていた。私が語りかけると、まるで返事をするかのように動いてもくれた。

私は、夫《おっと》には当然《とうぜん》ながら、娘《むすめ》の美風《みふう》にも、妹になるはずだった赤ちゃんの存在を忘《わす》れてほしくなかった。亡《な》くなった赤ちゃんの話を一緒《いっしょ》にしたかった。おなかの中だけだったとはいえ、あの子も家族の一員《いちいん》としてすごしたのだから。

遊月《ゆづき》が亡くなったとき、美風《みふう》は四歳だった。

分娩《ぶんべん》が済《す》んだあと、美風《みふう》は妹が死んだことを聞かされた。分娩室に夫に抱《だ》っこされて入ってきて、「お母《かあ》ちゃん、赤ちゃん、死んじゃったの？」と聞いてきた。私は何も答えられなかった。「はやく抱《だ》っこしたい」「はやく会いたい」と、あんなに楽しみにしてたのに。

そして、私たちと一緒《いっしょ》に、生まれたばかりの赤ちゃんに会った。

美風《みふう》は三回、妹に会っている。一度目は生まれたばかりの紫色《むらさきいろ》をした赤ちゃん。二度目はきれいな白い顔にピンク色のほっぺになって、お花に飾《かざ》られた赤ちゃん。三度目は火葬場《かそうば》で最後《さいご》のお別《わか》れのときに。美風《みふう》の中では〝お花の中で寝《ね》ているみたいだった可愛《かわい》い赤ちゃんが自分の妹〟という記憶《きおく》になっているようで、「可愛いかったねー」と言う。そのあとで、「でも死んじゃったからおもしろくない」と言う。そして「どうして死んじゃったの?」と聞く。

「どうして死んじゃったの?」とはよく聞かれた。

「どんなにがんばっても、負けちゃう病気があるのよ、いっぱい赤ちゃんがんばったんだけど、それでも負けちゃうときがあるの」。そんなふうにはじめた。そして、妹のことをしっかり覚《おぼ》えておいてほしいという気持ちが強かったので、おとぎばなしのようになってもいいと思い、「遊月《ゆづき》はお月様に遊びに行ってるの」「遊月《ゆづき》は天使《てんし》になってて、クリスマスにはお仕事してるかも」という話も、よくするようになった。

その後もずっと、美風《みふう》は「どうして死んじゃったの？」と聞いてきた。

不思議《ふしぎ》なことに、「だから病気でね」と言っていた私自身、もう、答えることができなくなっていた。

「お母《かあ》ちゃんにも、分からない。なんで死んじゃったんだろう、ねぇ、なんで今お母ちゃんとみーちゃん、生きているか分かる？　お母ちゃん、分からない。だからなんで死んじゃったかも分からない。」

今でも、美風《みふう》はときどき「どうして死んじゃったの？」と聞いてくるし、自分の手を見つめて「動いていたよね」とつぶやいていたりもする。でも、私が落ちこみはじめると敏感《びんかん》に悟《さと》り、「だいじょうぶ、遊月《ゆづき》ちゃんはお母ちゃんのこと、好《す》きだから。」

えっ？　と驚《おどろ》くようなことを言ってくれたりもする。

美風《みふう》は、私とはちがったとらえ方で遊月《ゆづき》のことを考えているのだろう。夫《おっと》もそうだろう。いろんな関係があっていい。遊月《ゆづき》が残《のこ》していったものを、それぞれで受け止めていきたい。

とってもきれいな赤《あか》ちゃんよ。

井上恵（いのうえ・めぐみ）・千葉県松戸市
［死産時29歳］

妊娠《にんしん》三十三週と一日で、その生涯《しょうがい》を終えてしまった赤ちゃん。でもそのあいだに私たちにたくさんの幸せをくれたね。いっぱい抱《だ》っこしてあげられた日々を、他の誰《だれ》が言ってくれなくとも私がいっぱい「可愛《かわい》いね」と言ってあげられたあの日々を、私は一《いっ》生《しょう》忘《わす》れない。私たちの子どもとして、九か月のあいだ、一生懸命《いっしょうけんめい》生きてくれてありがとう。

私がこの体に初《はじ》めて小さな生命《いのち》を宿《やど》したのは、結婚《けっこん》四年目のことだった。まだ一センチにも満《み》たない小さな小さな赤ちゃんを超音波《ちょうおんぱ》で初めて目にしたときには、胸《むね》がいっぱいになった。妊娠八週目の検診《けんしん》で、小さな心臓《しんぞう》がピコピコ動いているのが見えたときには、愛《いと》しさがこみあげた。妊娠十四週目には、おへその下あたりでピクッと動くのを感じ、「え？　もしかして今のが胎動《たいどう》？」と、喜《よろこ》びがあふれた。

ベビー用品もすべて買いそろえ、退院《たいいん》するときに着せてあげるベビードレスと帽子《ぼうし》は、真《ま》っ白《しろ》な絹《きぬ》の毛糸で編《あ》んだ。赤ちゃんが生まれて大きくなったら読んでもらおうと、手紙を日記風《にっきふう》に書きつづったりもしていた。あとは出産《しゅっさん》を待つばかり、そう信《しん》じて疑《うたが》わなかった。

悲しみは突然《とつぜん》、襲《おそ》ってきた。

出産予定日を二か月後に控《ひか》えて、私は実家《じっか》にいた。職場《しょくば》のつきあいばかりを優先《ゆうせん》し、毎晩帰宅《まいばんきたく》する時間のおそい夫《おっと》とけんかをし、家出《いえで》していたのだ。すぐに電話で仲直《なかなお》りをしたが、自宅《じたく》にもどる前に、里帰《さとがえ》り出産を予定《よてい》している病院で診《み》てもらっておこうかと、軽い気持ちで受診《じゅしん》した。

その日、産婦人科《さんふじんか》はとても混《こ》んでいて、診察《しんさつ》を受けるまでに二時間以上待たされた。

やっと私の番になり、ウキウキしながら診察室《しんさつしつ》へ向かった。超音波《ちょうおんぱ》で赤ちゃんの姿《すがた》を目にするときが、私にとって何より幸せな時間であるはずだった。

しかし、先生は「ん？」と顔色を変えた。先生の表《ひょう》情《じょう》が徐々《じょじょ》に険《けわ》しくなる。しばらく沈黙《ちんもく》がつづいたのち「胎児水腫《たいじすいしゅ》だ」と独《ひと》り言《ごと》のようにおっしゃった。

「これが赤ちゃんのおなかの中、ほら、黒く影《かげ》になっているでしょう、これは水がたまっているからなんです。胸《むね》の中も黒くなってしまっている。皮膚《ひふ》の下にも水がたまっていて、これが頭蓋骨《ずがいこつ》、耳がこんなに離《はな》れたところについているでしょう、ここのあいだに全部水がたまっているんです。」

病気についてくわしく説明《せつめい》してくださって、先生はつらそうにおっしゃった。

「もう助けてあげることはむずかしいです、本当に何て言ったらいいか、お気《き》の毒《どく》です。」

信《しん》じられなかった。悪い夢《ゆめ》だと思った。しかし、それは現実《げんじつ》だった。

診察室を出ると、順番《じゅんばん》待ちの妊婦《にんぷ》さんたちが、泣《な》きじゃくる私を驚《おどろ》きの眼差《まなざ》しで見ていた。でも、そんなことを気にしているよゆうはなかった。早く実家《じっか》にたどりつかなくては。早く夫《おっと》に知らせなくては。その一心《いっしん》だった。夫は仕事を切りあげ、すぐに駆《か》けつけてくれた。その晩《ばん》、彼は「ぜったいに助かるから」「信《しん》じよう」と私を励《はげ》ましつづけてくれたが、彼自身も必死《ひっし》で何かに耐《た》えていることは、表情《ひょうじょう》から分かった。

翌朝《よくあさ》早く、紹介状《しょうかいじょう》を持って大学病院に向かった。私の両親と夫も付《つ》き添《そ》ってくれた。

「病気の原因《げんいん》によっては赤ちゃんを助けてあげられる可能性《かのうせい》もゼロではありません。」

という先生の言葉にすべてを託《たく》し、翌日《よくじつ》からの入院を決めた。

入院初日《しょにち》。胎児水腫《たいじすいしゅ》の多くは、母親と赤ちゃんの血液型不適合《けつえきがたふてきごう》が原因となるが、私にはその可能性はないという。それ以外に何らかの原因がある場合（私がりんご病に感染《かんせん》しているか、極度《きょくど》の貧血《ひんけつ》がある場合）は、適切《てきせつ》な処置《しょち》をして赤ちゃんを救《すく》ってあげられる可能性がある。そのため、私の血液を採《と》って原因を探《さぐ》ることになった。

同時に、毎日赤ちゃんの心臓《しんぞう》が確《たし》かに動いているかどうか心音《しんおん》を聞いたり、NST《エヌエスティー》という装置《そうち》をつけて、私のおなかの張《は》りと、そのときの赤ちゃんの心拍数《しんぱくすう》を調べることになった。おなかが張っても赤ちゃんが元気であれば、その収縮《しゅうしゅく》に負けまいと心拍を上げるのだそうだ。また、赤ちゃんにたまった水が増《ふ》えていくのか、減《へ》っていくのかも、超音波《ちょうおんぱ》で計測《けいそく》することになった。

入院して三、四日のあいだは「赤ちゃんはきっと助かる」と信《しん》じていた。ひと握《にぎ》りの可能性《かのうせい》にただただ希望《きぼう》を抱《いだ》いていた。毎日おなかをさすっては「がんばって、がんばって」とひたすら話しかけた。

検査《けんさ》の結果《けっか》が、その希望を打《う》ち砕《くだ》いた。母体側《ぼたいがわ》、つまり私自身には原因《げんいん》が見あたらず、赤ちゃんは「原因不明の突発的《とっぱつてき》な胎児水腫《たいじすいしゅ》」と診断《しんだん》された。それは「赤ちゃんを救《すく》ってあげられる可能性《かのうせい》がきわめて低くなった」ことを意味していた。同時に、赤ちゃんの皮《ひ》下浮腫《かふしゅ》が日に日に悪化《あっか》していることも告《つ》げられた。私の何が赤ちゃんをこんな病気にしてしまったのか、と自分を責《せ》めずにはいられなかった。

先生は、「医学は可能性ゼロということはありません」と勇気《ゆうき》づけてくださった。私も、もう一度、そのわずかな可能性を信《しん》じてみようと、自分を奮《ふる》い立たせた。

妊娠《にんしん》三十一週目の赤ちゃんを救うために残《のこ》された道は二つ、一つはすぐに帝王切開《ていおうせっかい》で取りだしてあげること。しかしまだ肺《はい》が十分《じゅうぶん》に成熟《せいじゅく》しておらず、外に出しても自分の力で呼吸《こきゅう》できるかどうか分からない、まして私の赤ちゃんは胸水《きょうすい》があるため、外に出した瞬間《しゅんかん》に肺《はい》がふくらむ可能性はきわめて低い。今すぐに取りだすことは即《そく》、「死」につながる可能性が高い。仮《かり》に赤ちゃんを出してすぐにチューブを挿入《そうにゅう》し呼吸《こきゅう》を助けるにしても、全身の水ぶくれがひどくて口が開《あ》くかどうか、器官にチューブが通るかどうかも分からないのだそうだ。仮《かり》にうまく呼吸《こきゅう》ができ、体内の水をぬいてあげたとしても、根本的《こんぽんてき》な解決《かいけつ》にならず、またすぐに水はたまるだろうということだった。

もう一つは、肺《はい》が成熟《せいじゅく》する妊娠《にんしん》三十四〜三十五週までは母体《ぼたい》の中に赤ちゃんを入れたまま待つ、そのあいだに少しでも状態《じょうたい》が良《よ》くなることを祈《いの》る、というものだった。ただ、それまでのあいだに、赤ちゃんが心不全《しんふぜん》を起こし心臓《しんぞう》が停止《ていし》することも十分《じゅうぶん》ありうるのだそうだ。

夫《おっと》もふくめて、先生方と何度も話し合いを持った。二つのうち一つを選択《せんたく》する、それは想像《そうぞう》を絶《ぜっ》するつらさだった。先生方もわがことのように悩《なや》んでくださった。

結局《けっきょく》、先生方のご意見どおり、赤ちゃんの生命力《せいめいりょく》を信《しん》じて、少しでも生存《せいぞん》の可能性《かのうせい》が高まる時期まで待とう、という結論《けつろん》に至《いた》った。

その決定の翌日《よくじつ》、異変《いへん》が起きた。NST《エヌエスティー》の装置《そうち》をつけていたとき、ほんの少しおなかが張《は》った。自分でも気づくか気づかないか程度《ていど》の軽い張《は》りだった。そのとたん、赤ちゃんの心拍《しんぱく》が急激《きゅうげき》に下《さ》がったのだ。今にも止まってしまうのではないかと思うほどに。先生方も大勢《おおぜい》集まってきた。

（あぁ、赤ちゃんは死んでしまうんだ。）初めてそう実感して、取《と》り乱《みだ》してしまった。その瞬間《しゅんかん》、今までのことがはっきりと分かった。入院して以来ずっと、先生方は私を励《はげ》ましてくださる一方で、少しずつ、残酷《ざんこく》な言葉も投げかけていた。それは、認《みと》めたくない現実《げんじつ》から目をそむけてきた私に、徐々《じょじょ》に赤ちゃんの死を受け入れる覚悟《かくご》をさせようとしていたのだ。私はもう覚悟をするしかなかった。

毎日「がんばって、がんばって」と赤ちゃんに言葉をかけていた私が、「もういいよ、赤ちゃん、本当によくがんばったね、苦しいでしょう、もうお母《かあ》さんのおなかの中でお休みしてもいいよ、もう十分《じゅうぶん》だよ」と口にしていた。私の素直《すなお》な気持ちだった。

その夜は一睡《いっすい》もできなかった。ひと晩《ばん》じゅう、赤ちゃんとお話した。赤ちゃんがやってきてくれてどんなに幸せだったか、おなかをポコポコ蹴《け》ってくれてどんなにうれしかったか、一緒《いっしょ》にどこに行って何をしたか、そんなことを二人で話してすごした。

翌朝《よくあさ》、赤ちゃんの心音《しんおん》を聞くことはできなかった。超音波《ちょうおんぱ》で赤ちゃんの心臓《しんぞう》を見せてもらったが、前日まで一生懸命《いっしょうけんめい》動いていた小さな心臓が動くことはなかった。

「赤ちゃん、本当によくがんばってくれたよね」。先生と看護婦《かんごふ》さんはそうおっしゃって、そっと部屋《へや》を出ていった。


翌日《よくじつ》から、子宮口《しきゅうこう》を広げる処置《しょち》がはじまった。

私は「赤ちゃんを出したくない」と泣《な》いた。赤ちゃんが私のこのおなかの中にいる限《かぎ》り、私たちは一《ひと》つだった。

「赤ちゃんは外の世界を見たかったはずでしょう、それを叶《かな》えてあげられるのは母親だけだよ」。夫のその言葉が私を立ち上がらせてくれた。

ラミナリアという、小指ほどの太さのものを毎日少しずつ増《ふ》やして入れていき、人工的《じんこうてき》に子宮口を広げる。ラミナリアは海藻《かいそう》からつくられたもので、水分をふくむとふくらんで太くなる。「痛《いた》いですよ」という先生の言葉どおり、激痛《げきつう》が走ったが、必死《ひっし》で痛みをこらえた。すると看護婦《かんごふ》さんが「がんばって！」と声をかけてくれた。処置が終了《しゅうりょう》し、病室へもどろうとすると、血に染《そ》まったラミナリアを見せてくれた。

「こんなのが二十本も入っていたんだよ、つらかったでしょう。さっきは、つい『がんばって』なんて言っちゃったけど、井上さん、そんなにがんばらなくていいんだよ、痛み止めも飲んでないでしょう、そんなにがんばらないで。」

目に涙《なみだ》をいっぱいためてそう言ってくれた。

「私より赤ちゃんのほうがずっと苦しかったと思うから。」私は笑顔《えがお》でそう答えて病室にもどり、一人でベッドの中で泣《な》いた。

結局《けっきょく》、三日かけて子宮口《しきゅうこう》を目標《もくひょう》の三センチまで広げることができた。

「明日《あす》、あさっては土・日だから、ちょっと体を休ませて、月曜日から陣痛促進剤《じんつうそくしんざい》を入れていきましょう。三日もすれば陣痛《じんつう》が起こってくるでしょう」と言われた。

土曜の夜は夫《おっと》が病室に泊《と》まりに来てくれた。深夜十一時ころ、夫が到着《とうちゃく》してまもなく、私のおなかがドクンと動いた。

（赤ちゃんが生き返ってくれた？）と思った瞬間《しゅんかん》、生温《なまあたた》かい水が大量《たいりょう》に流れだした。破水《はすい》だった。

当直《とうちょく》の先生は「赤ちゃんがもう外に出たいって言ってるのね、自分で時期を選《えら》んだのね」とおっしゃった。すぐに陣痛がはじまり、あっというまに五分間隔《かんかく》になり、分娩《ぶんべん》室《しつ》に移《うつ》された。

夫《おっと》は疲《つか》れがたまっていたのだろう、病室で熟睡《じゅくすい》しており、私が分娩室《ぶんべんしつ》に移動《いどう》したことなど知らなかった。助産婦《じょさんぷ》さんに「呼《よ》んでこようか？」と聞かれたがお断《ことわ》りした。そっとしておいてあげたかったし、何よりも、ここからは母親の仕事だと考えていたからだ。

激痛《げきつう》がやってきた。やっとの思いでブザーを押《お》し、「もう出てきそうです！」と告《つ》げた。悲しいお産《さん》のはじまりだった。

カーテンで仕切《しき》られたとなりの分娩台《ぶんべんだい》に、もう一人《ひとり》お産《さん》を控《ひか》えている人がいるようだった。「痛《いた》い、痛い！」と叫《さけ》んでいた。助産婦《じょさんぷ》さんが「赤ちゃんもがんばっているんだから！」と励《はげ》ます声と、ご主人《しゅじん》らしき男性の「がんばって」という声が耳に届《とど》いた。

（私の赤ちゃんはもう死んでしまっているのに、なんで私はこの痛みに耐《た》えなくちゃならないんだろう。）急に気力《きりょく》がなくなった。それでも陣痛《じんつう》は容赦《ようしゃ》なくやってくる。

「がんばれそう？」という助産婦《じょさんぷ》さんの言葉に（そうだ、がんばって赤ちゃんに外の世界を見せてあげなくちゃ、私はこの子の母親なんだから）と思い直し、大きくうなづき、力をふりしぼって赤ちゃんを外に出してあげた。

一九九九年六月二十七日五時三十九分、産声《うぶごえ》も聞こえない、「おめでとう」の言葉もない悲しい出産《しゅっさん》だった。赤ちゃんが生まれたこの日が、同時に赤ちゃんの命日《めいにち》になった。

出産直後《ちょくご》、先生や他の助産婦さんが「がんばったね」という言葉をかけてくださる中で、ある助産婦さんだけは「とってもきれいな赤ちゃんよ」と言ってくださった。

何十回、何百回、「がんばった」と言われるより、「きれいな赤ちゃん」と赤ちゃんを誉《ほ》めてくれた言葉に感謝《かんしゃ》の気持ちがあふれ、分娩台《ぶんべんだい》の上で泣《な》いてしまった。

「そうよ、もうがまんしなくていいの、今泣かなくていつ泣くの、思いっきり泣きなさい。」

張《は》りつめていた糸が切れ、「赤ちゃん！　赤ちゃん！」と声を出して泣いた。

分娩台を降《お》りると、夫《おっと》が立っていた。助産婦さんが「奥《おく》さんがとってもがんばっているから」と呼《よ》びにいってくださったのだ。目にうっすらと涙《なみだ》をためた彼の「だいじょうぶ？」という言葉にゆっくりうなづいて病室にもどった。私は今でも、赤ちゃんは大好《だいす》きなお父《とう》さんのいる前で生まれてきたかったのだと信《しん》じている。

「赤ちゃんに会うかどうかはお二人《ふたり》で決めてください。ただ、水ぶくれのせいでショックを受けるかもしれません。」

事前《じぜん》に先生からそう言われていた。私は悩《なや》んだ。心臓《しんぞう》が止まってから五日もたっていて、顔もむくんで全身の皮はほとんど剝《む》けてしまっているというわが子に会うことがこわかった。悩んだ末《すえ》に私は会うことに決めた。会わずにいたら後悔《こうかい》するにちがいないと思ったからだ。

夫《おっと》は「おれは会わない」と言って仕事にもどっていった。ショックだった。彼も赤ちゃんに会うのがこわいから会わないんだ、と思った。しかしそれは誤解《ごかい》だった。

夫は「赤ちゃんのお棺《かん》に入れてほしい」と私に手紙を預《あず》けていった。封《ふう》をしていないその手紙を、私は病室でこっそり読んだ。こんなことが書かれていた。

「赤ちゃん、あと一か月と少しで会えるはずだったのに、こんなことになってしまって本当にごめんね。いつも父《とう》さんの帰りがおそくて母《かあ》さんを泣《な》かせてばかりいたから、赤ちゃんは怒《おこ》ってお空に帰ってしまったんだね。そんなことも分からず、父さん失格《しっかく》だね。きっといい父さんになるから、母さんを大事《だいじ》にするから、きっと父さんと母さんの子として帰ってきてください。赤ちゃんとの初《はじ》めての対面《たいめん》はそのときまでがまんするから。きっとまた会えると信《しん》じているから。」

私は布団《ふとん》の中で声を殺《ころ》して泣《な》いた。そして彼の分まで、私がたくさんたくさん赤ちゃんを抱《だ》きしめてあげようと心に決めた。

助産婦《じょさんぷ》さんが、ピンク色のおくるみに包《つつ》まれた私の赤ちゃんを抱《だ》いて病室に入ってきた。

こわいという気持ちと、早くこの手に抱いてあげたい、という気持ちが同居《どうきょ》していた。勇気《ゆうき》を出して両手を伸《の》ばした。赤ちゃんの、皮膚《ひふ》が剝《む》けて真《ま》っ赤《か》になった顔が見えた。水ぶくれのせいでちょっとだけおでぶちゃんだったが、ショックを受けることなどなかった。私にそっくりだった。赤ちゃんが何十人並《なら》んでいようとも、わが子を見まちがうことなどなかっただろう。「ごめんね、ごめんね」、この手にぎゅっと抱《だ》きしめて、会うのをためらったことを何度も何度もわびた。

目を開《あ》くことはないけれど切れ長の目、先っぽだけ高くなっている鼻は私と同じ、口《くち》元《もと》は夫《おっと》にそっくりで、きちんと口を開くことができた。人が見たら眉《まゆ》をひそめるであろう私の赤ちゃん、でも私にとってはこの世《よ》で一番可愛《かわい》い赤ちゃんだった。

退院《たいいん》までの五日間、私は毎日赤ちゃんを抱《だ》っこさせてもらうことができた。水分をたくさんふくんでいる私の赤ちゃんには、いつも全身にガーゼが巻《ま》かれていた。

「今日《きょう》も抱っこしていいですか」とお願《ねが》いすると、「あたりまえでしょう、抱っこできるうちにいっぱい抱いてあげなくちゃ！　いつでも遠慮《えんりょ》なく言ってね。夜中《よなか》に会いたくなっても、一日に何度会いたくなっても構《かま》わないんだから」と言って、忙《いそが》しい中、助産《じょさん》婦《ぷ》さんは赤ちゃんのガーゼをそのつどきれいなものと取《と》り替《か》えて、私の元へ連《つ》れてきてくださった。

本当は元気な産声《うぶごえ》を聞きたかった。おっぱいをあげたかった。オムツを替《か》えて、お風《ふ》呂《ろ》にも入れてあげたかった。いつまでも一緒《いっしょ》にいたかった。
退院《たいいん》の日、赤ちゃんは小さな棺《ひつぎ》に、真《ま》っ白《しろ》なベビードレスと帽子《ぼうし》をつけて横たわっていた。私が編《あ》んだものを助産婦《じょさんぷ》さんが着せてくださったのだ。私は赤や白や黄色の花で、赤ちゃんのその小さなお部屋《へや》をいっぱいにしてあげた。私と夫《おっと》からの手紙も一緒《いっしょ》に入れた。これでもう二度と赤ちゃんをこの手に抱《だ》きしめることも、顔を見ることもできなくなる。赤ちゃんの感触《かんしょく》を、その顔を忘《わす》れないように、そっと触《ふ》れてこの目に焼《や》きつけた。

火葬場《かそうば》で、私は夫と二人《ふたり》、空に昇《のぼ》っていく煙《けむり》を見つめていた。
「赤ちゃん、小さいから煙があれだけしか出ないんだね」と私が言うと、
「ちゃんと帰れるかな」と彼は心配そうに煙を見上げていた。
煙が消えるまで二人で見守った。
お骨《こつ》はほんの少ししか残《のこ》らなかった。小さな骨《ほね》のかけらを拾《ひろ》いながら、母は泣《な》いてい

た。みんなも必死《ひっし》で涙《なみだ》をこらえていた。小さな骨壺《こつつぼ》には、熊《くま》さんがサッカーしている絵がプリントされていた。

「男の子だから、彼がサッカーさせたいんだって」と言っていた私の言葉を母が覚《おぼ》えていて、この骨壺を選《えら》んでくれたのだと思う。

私は小さな骨壺《こつつぼ》に入った赤ちゃんを抱《だ》きしめて家路《いえじ》についた。


赤ちゃんへ。

あなたは私たちに大切《たいせつ》なことを教えてくれたね。

無事《ぶじ》にこの世《よ》に生《せい》を受けることは、けっしてあたりまえのことなんかじゃない。

だからこそ、「生《い》きている」ことは、ただそれだけで、尊《とうと》いのだということを。

あなたが命をかけてまで気づかせてくれた大切なものを、私はけっして忘《わす》れないから。

見えますか。あなたの父《とう》さんが、私が、そして、あなたの妹が。

忘《わす》れないで。私たちはいつまでも家族です。

あなたがお空にいようとも、あなたは大切な大切な私たちの家族です。

一目《ひとめ》会《あ》って抱《だ》きあげてやりたかった。

井上恵の夫・千葉県松戸市
［当時29歳］

結婚《けっこん》して四年目、私たちはようやく「夫婦《ふうふ》」から「家族」へと変わろうとしていた。

妻《つま》はいつもおなかの赤ちゃんとの対話《たいわ》を欠《か》かさず、赤ちゃんもまたおなかの中で元気に動くことでそれに応《こた》えているようだった。妻は定期的《ていきてき》に自宅《じたく》近くの病院に通《かよ》って診察《しんさつ》を受け、また市の運営《うんえい》する母親学級に通っていたこともあってか、日に日に母親らしくなっていった。

たまに早く家に帰ると、妻が母子手帳《ぼしてちょう》をもって寄《よ》ってきて、やつぎばやにしゃべる。

「今日《きょう》、病院で赤ちゃんを撮《と》ってもらった。」「これが目で、ここが口よ。」

「今日の計測《けいそく》で赤ちゃんの大きさが○○センチになっていた。」

すべてが順調《じゅんちょう》に思えた。ただ、一つだけ、私には、妻《つま》といずれ生まれてくるわが子に対して、後《うし》ろめたい部分があった。

当時、私は帰宅《きたく》する時間が非常《ひじょう》におそく、早くて十一時すぎ、午前様《ごぜんさま》は日常《にちじょう》だった。営業担当《えいぎょうたんとう》という仕事柄《がら》、宴席《えんせき》を設《もう》けることも多く、明《あ》け方《がた》帰りはもちろん、休日はあってないようなものだった。家に帰ると妻《つま》は泣《な》いていることが多かったが、それでも私の行動は変わらず、日々すぎていた。そのころの私には、家庭を、妻子《さいし》とともに築《きず》きあげようとする気持ちが決定的《けっていてき》に欠如《けつじょ》していたにちがいなかった。

私の目に余《あま》る行動に耐《た》えかねた妻は、実家《じっか》に帰っていた。何度かの電話でのやりとりののち、妻は数日中には自宅《じたく》にもどるということだったので、私はいつもと変わりなく仕事をしていた。夕方、私の携帯《けいたい》が鳴《な》った。

妻がふるえるような声で、「病院に行ったら、赤ちゃんの体には水がたまっていて、もう手遅《ておく》れだと言われた」と言う。声が声になっていなかった。私も動揺《どうよう》していた。とりあえずすぐに上司《じょうし》に事情《じじょう》を話し、妻の実家に向かった。

息《いき》もできないほど重苦しい空気の中、私は妻《つま》と両親の前に座《すわ》っていた。私には、こうなったのは私の責任《せきにん》だと、私をふくめたその場の全員が思っているように感じられた。のちにそれが私の勝手《かって》な思いこみであったことを知るのだが、そのときの私には後《うし》ろめたさのみが残《のこ》っていた。私は何を話してよいのかも分からず、翌日《よくじつ》から大学病院で検査《けんさ》を受けるという妻を励《はげ》まし、事態《じたい》の好転《こうてん》を祈《いの》った。

妻が二階の部屋《へや》へ上がったあとで、両親と少し話をした。妻は一人《ひとり》で病院に行って診《しん》察《さつ》を受け、車で何十分もかけて帰ってきたのだという。帰り道どんな思いで運転していたのか。きっと泣《な》きながらではあるが、いつもと変わらず赤ちゃんと話をしていたにちがいない。「だいじょうぶだから」とおなかの子を励《はげ》ましつづけたにちがいない。

そう思うと、胸が張《は》り裂《さ》けそうになった。

夜、妻はいつまでも赤ちゃんと話していた。おなかの中で赤ちゃんが動くので、さわってほしいと私に言う。私は目に涙《なみだ》がいっぱいになってこぼれそうになった。何か言おうとすると泣きだしてしまいそうで、口に出せず、「だいじょうぶだから」と弱々しく励ます。

翌朝《よくあさ》、一緒《いっしょ》に大学病院へ行き、診察《しんさつ》を受けた。今後の妻へのいくつかの検査《けんさ》の結果《けっか》によっては、助かる可能性《かのうせい》はゼロではないとのことで、数日間、検査入院がつづいた。これから赤ちゃんが生まれる人、もう生まれて赤ちゃんを抱《だ》いている母親、あるいは面会《めんかい》に来ている家族などであふれかえっている病棟《びょうとう》で、私たちはそのゼロではない可能性にすがるしかなく、またそこに唯一《ゆいいつ》の希望《きぼう》を求《もと》めた。

数日後、妻《つま》の血液検査《けつえきけんさ》の結果《けっか》が判明《はんめい》した。先生の言っていた、「妻の体の状態《じょうたい》に問題があり、それに対し適切《てきせつ》な処置《しょち》を施《ほどこ》せば赤ちゃんが助かる」という説《せつ》が消えた。

妻の体に異常《いじょう》はなかった。診断《しんだん》されたところの胎児水腫《たいじすいしゅ》にはさしたる原因《げんいん》が見《み》あたらず、残《のこ》された道は、今すぐ帝王切開《ていおうせっかい》して赤ちゃんを外に出して治療《ちりょう》するか、赤ちゃんの体が成熟《せいじゅく》する時期まで待って帝王切開するか、あるいは、もてば自然分娩《しぜんぶんべん》後に治療を行うというものだった。

先生が示《しめ》した道は、私たちにとってはあまりにも険《けわ》しい。何度も先生と話し合いを持ち、また先生も快《こころよ》く応《おう》じてくれたが、症例《しょうれい》もきわめて少なく、あくまで可能性の部分の話であるため、決断《けつだん》は私たちに委《ゆだ》ねられた。

私たちが下《くだ》した結論《けつろん》は「そのときを待つ」ということだった。

しかし非情《ひじょう》にも、翌日《よくじつ》から事態《じたい》は急変《きゅうへん》した。赤ちゃんの心拍数《しんぱくすう》はこれまでになく下《さ》がっていた。私はこの時期も、仕事のため常時《じょうじ》妻《つま》のかたわらにいることはできず、仕事が終わると病院へ駆《か》けつける日々がつづいた。片道《かたみち》二時間ほどの道のりだったが、病院を出て車に乗ると、いつもそれまで堪《た》えていた涙《なみだ》があふれて止まらなかった。妻や赤ちゃんにこんな思いをさせてしまったのは自分の責任《せきにん》だと思うと、今さらながら悔《くや》しくてしかたがなかった。

翌日の朝、赤ちゃんの心音《しんおん》は止まっていた。

夕方病院に到着《とうちゃく》すると、妻が泣《な》きはらした顔で言った。

「赤ちゃん、死んじゃった。」

私は、私のせいでこうなったのだと妻に詫《わ》びた。しかし妻は「あなたが来た日は赤ちゃんが二回も動いてくれた。きっと赤ちゃんはお父《とう》さんが大好《だいす》きだったんだよ」と言ってくれた。その言葉を聞いて、泣いてしまった。

赤ちゃんを、そして妻の心をぼろぼろにしたのは今でも私だと思っている。思えば赤ちゃんをその身に授《さず》かったときから、妻《つま》は毎日本当に幸せそうだった。いつも赤ちゃんと話し、赤ちゃんと買い物に行き、何よりも大切《たいせつ》にしていたにちがいない。そんな妻が涙《なみだ》を流したとき、きっと赤ちゃんも同じように泣《な》いていたにちがいない。赤ちゃんはその涙でおぼれてしまったのだと、今でもそう思っている。赤ちゃんは、私のことを父親になる資格《しかく》はないと思い、また天国《てんごく》へ帰っていったのだ。

何日かして、妻は静《しず》かに子どもを産《う》んだ。医師《いし》の説明《せつめい》ではもっと時間がかかると聞いていたのに、たまたま私が病院の仮眠《かみん》ベッドで寝《ね》た日の明《あ》け方《がた》のことだった。

「赤ちゃんは、お父《とう》さんに会えると思って、うれしくって早く出てきたのよ。」

妻にそう言われて、また涙がでた。おそすぎた父親だった。

しばらくして赤ちゃんへの面会《めんかい》を案内《あんない》されたが、私は断《ことわ》った。自分には、父として会う資格《しかく》がないと思ったからだ。

一目《ひとめ》会って抱《だ》きあげてやりたかった。

しかし初めての赤ちゃんをこの手にできないつらさを、この先ずっと背負《せお》っていこうと心に決めた。そして、「これが赤ちゃんとの永遠《えいえん》の別《わか》れじゃない、ほんの少し会える日が先に延《の》びただけ、素敵《すてき》な名前はそのときに考えてあげよう」。妻《つま》にそう言って、名前はつけないことにした。

医師《いし》から、「胎児水腫《たいじすいしゅ》」という病気は症例《しょうれい》が少なく、資料《しりょう》も乏《とぼ》しいため、原因《げんいん》を究明《きゅうめい》する最後《さいご》の可能性《かのうせい》として「解剖《かいぼう》という選択肢《せんたくし》もある」と聞かされたとき、妻《つま》は、もう十分《じゅうぶん》おなかの中で苦しんだわが子を気づかい、これ以上《いじょう》苦しめたくないと拒絶《きょぜつ》した。

しかし、「原因が分からない」ということは、いつかふたたび妊娠《にんしん》できた際《さい》に、同じ病気によって赤ちゃんを苦しめる可能性がある。私はもう二度と同じ苦しみを愛《あい》するわが子に味わわせないために、親としてしてあげられる最後の選択《せんたく》、それが解剖《かいぼう》なのではないかと考え、妻にそう伝《つた》えた。

私の考えに同意し、解剖を決断《けつだん》してからも、妻の気持ちは揺《ゆ》れつづけたようだ。

妻は、地下《ちか》にある病理室《びょうりしつ》で、病理専門《せんもん》の医師たちの手によって解剖されるわが子が「母《かあ》さん、こわいよ」と訴《うった》えている声が聞こえる気がする、と言って、「わが子がこわがらないように、病理室の近くについていてあげたい」と医師にお願《ねが》いした。妻の体が衰《すい》弱《じゃく》していたことを理由《りゆう》にそれは断《ことわ》られた。しかし、お世話《せわ》になった産科《さんか》の先生が「私がちゃんとついていてあげるからね」と言ってくださったことで、妻《つま》はやっと少し安心することができたようだ。

解剖《かいぼう》の結果《けっか》、原因《げんいん》を特定《とくてい》するには至《いた》らなかった。今も私たちはこの選択《せんたく》はまちがっていなかったのだと思っている。

妹、みどりが生まれてもう一年半がたった。やんちゃだが、病気ひとつせず元気にすくすくと成長《せいちょう》している。私は赤ちゃんから、そして妻から教えられたことを、今も一《いっ》時《とき》も忘《わす》れたことはない。

命とはどんなものか。父親になるということはどういうことか。妻とは、母親とはどんなものなのか。家族になるとはどういうことなのか。そして私はどうあるべきなのか。赤ちゃんから、そして妻から見たら今、私は少しくらいはお父《とう》さんに見えているだろうか。赤ちゃんも、もちろん妻もみどりも、いつまでも私にとって、かけがえのない家族。いつまでも一緒《いっしょ》だ。その家族の幸せのために今を、これからを生きていくつもりだ。

佳菜《かな》も美文《よしふみ》も、短《みじか》い命《いのち》を承知《しょうち》で私《わたし》を選《えら》んでくれたんだ。

久光美奈（ひさみつ・みな）・岩手県
［一人目死亡時26歳・二人目死産時31歳］

あの日、小さくやせおとろえた佳菜《かな》は、私の腕《うで》の中で短い生涯《しょうがい》を終《お》えた。生まれて三十一日目だった。これ以上《いじょう》の悲しみはもうぜったいないだろう。一生分の涙《なみだ》も全部使い果《は》たした。そう思ったのに、四年四か月後、私はふたたび子どもの死に直面《ちょくめん》することになる。

初《はじ》めての妊娠《にんしん》が分かったのは、結婚《けっこん》してまもない平成《へいせい》六年五月のことだった。つわりがひどい以外は、とくに異常《いじょう》もなく、順調《じゅんちょう》な妊娠生活を送っていたが、里帰《さとがえ》り直前《ちょくぜん》の検診《けんしん》で、いきなり「おなかの赤ちゃんが小さすぎるので、里帰り先の病院では入院することになるでしょう」と言われた。今まで順調《じゅんちょう》だと言われてきたのに、なんで？　どうして？　突然《とつぜん》のことに頭の中は真《ま》っ白《しろ》になった。

出産《しゅっさん》予定日を十日後に控《ひか》えた一月十七日、子宮内胎児発育遅延《しきゅうないたいじはついくちえん》のため、里帰《さとがえ》り先の大学病院へ入院し、その日から出産まで、栄養《えいよう》と張《は》り止《ど》めの点滴《てんてき》を受けながら安静《あんせい》にすごすことになった。

そして出産予定日を二週間以上すぎた二月十四日、三十時間におよぶ陣痛《じんつう》の末《すえ》、長女、佳菜《かな》が生まれた。産声《うぶごえ》は元気だったが、体重は一九四二グラム、体は赤紫《あかむらさき》色で、すぐ病院内のＮＩＣＵ《エヌアイシーユー》（新生児集中治療室《しんせいじしゅうちゅうちりょうしつ》）に運ばれた。

佳菜《かな》が重い先天異常《せんてんいじょう》であると告《つ》げられたのは、私が退院《たいいん》してしばらくたってからのことだった。面会中もひんぱんにチアノーゼを起こしていたので、何かしら病気を抱《かか》えて生まれてきたのではないかと心配していたが、その宣告《せんこく》は私の予想《よそう》をはるかに上《うわ》まわっていた。

どうして佳菜《かな》が病気にならなければいけないの？　どうして他の子じゃなくて佳菜《かな》な

の？　妊娠《にんしん》中から思い描《えが》いてきた生活、未来《みらい》への希望《きぼう》、夢《ゆめ》、すべてが絶《た》たれてしまった気がした。それでも、佳菜《かな》の前では涙《なみだ》を見せないように気をつけた。

「泣《な》いてばかりいると、佳菜《かな》が、母《かあ》さんは私と一緒《いっしょ》にいてうれしくないのかなって思うから、泣くんじゃないぞ」と夫に言われていたので、なるべく笑顔《えがお》を見せるよう努力《どりょく》して面会《めんかい》にのぞんだ。

ある日佳菜《かな》は、点滴《てんてき》や栄養《えいよう》の管《くだ》がいやで、半日以上も泣きつづけ、チアノーゼに苦しみながらも必死《ひっし》に手足を動かして管をぬこうともがいていた。私には、苦しむ佳菜《かな》の体をさすってやることしかできなかった。

翌日面会《めんかい》に行くと、「管《くだ》がぬけたら命にかかわるから」と、佳菜《かな》の両手両足に紐《ひも》がつけられ、紐は四方《しほう》に固定《こてい》されていた。それでも管をぬこうと力の限《かぎ》り体をよじらせる佳《か》菜《な》。長く生きられない運命でありながら、どうして残《のこ》された日々を地獄《じごく》のような苦しみの中ですごさなければならないのだろう。やり場のない怒《いか》りと悲しみがこみあげてくる。

長く生きられない運命なら、片時《かたとき》も離《はな》れないで一緒《いっしょ》にいたい。殺風景《さっぷうけい》なＮＩＣＵ《エヌアイシーユー》の中だけでなく、外の景色《けしき》も見せてあげたい。そう思って医師《いし》に「佳菜《かな》を家に連《つ》れて帰りたい」と訴《うった》えたとき、「それはできません。すぐに死に近づきますから」と言われ、自分の要求《ようきゅう》はただのエゴで、佳菜《かな》を死へ導《みちび》くものでしかない、と納得《なっとく》するしかなかった。佳菜《かな》が苦しくても、痛《いた》くても、何もしてあげられない。自分の無力《むりょく》さがとても腹立《はらだ》たしい。私にできることは、母乳《ぼにゅう》を搾《しぼ》って届《とど》けること、面会《めんかい》に行くこと、これだけだった。

看護婦《かんごふ》さんから、手足が冷《ひ》えるので靴下《くつした》とミトンを用意するように言われたときは、うれしくて、靴下とミトンを佳菜《かな》の手足の大きさに調節《ちょうせつ》して届けた。ミトンは熱中《ねっちゅう》して何枚もつくった。市販《しはん》のものだと大きすぎて佳菜《かな》の手にしっくりこないので、一《いち》から手作《てづく》りすることにした。保温性《ほおんせい》がすぐれるように、ガーゼに綿《わた》を詰《つ》めて形をつくり、佳《か》菜《な》の名前の由来《ゆらい》でもある菜《な》の花《はな》をステンシルしてつけた。

佳菜《かな》の役に立ててうれしい。もちろんこの気持ちも大きかったが、忍《しの》び寄《よ》る佳菜《かな》の死という現実《げんじつ》を直視《ちょくし》したくなくて、気持ちをまぎらわせていたかったのかもしれない。眠《ねむ》れば悪夢《あくむ》ばかり。起きているときは、何かをして現実から逃《のが》れていなければ、気《き》が狂《くる》いそうだった。佳菜《かな》は小さな体で、しかも一人《ひとり》ぼっちで必死《ひっし》に闘《たたか》っているのに、私は現実《げんじつ》から目をそらしたくて、逃《に》げたくてしかたがなかった。なんとも情《なさ》けない母親だ。

三月十七日、佳菜《かな》が危篤《きとく》だという連絡《れんらく》が入り、タクシーで駆《か》けつける。

佳菜《かな》の体はぐったりしていて、医師《いし》が心臓《しんぞう》マッサージをするたびに小さな体が大きく波打つ。あらゆる管《くだ》がはずされ、私の腕《うで》の中に抱《だ》かれた佳菜《かな》は、息《いき》も絶《た》え絶《だ》えだが、まだ目をしっかりと開《あ》いていた。

「佳菜《かな》ちゃん、いっぱいがんばったね。おりこうさんだったね。でもね、母《かあ》さんが来たからもうがんばらなくてもいいよ。ねんねしてもいいからね」。私はそう言って佳菜《かな》のまぶたを閉《と》じた。まもなく佳菜《かな》はお空に帰っていった。


佳菜《かな》を亡《な》くしてしばらくのあいだは、ほとんど記憶《きおく》がない。覚《おぼ》えているのは、あふれ出てくるおっぱいを搾《しぼ》って佳菜《かな》にお供《そな》えしていたということだけだ。

葬儀《そうぎ》後二週間を実家《じっか》ですごしてから、小さなお骨《こつ》になった佳菜《かな》と共《とも》に自宅《じたく》にもどった。実家から自宅《じたく》までの距離《きょり》は約八〇〇キロ。外出しても、私の妊娠《にんしん》や佳菜《かな》の死を知っている知人《ちじん》に会わなくてもすむことが、このときばかりは幸《さいわ》いした。日中《にっちゅう》は一人きり、誰《だれ》とも話さず家にこもって、佳菜《かな》のことばかり考えていた。佳菜《かな》にとって、生まれてから亡《な》くなるまでいたNICU《エヌアイシーユー》（新生児集中治療室《しんせいじしゅうちゅうちりょうしつ》）の日々は、果《は》たして本当にそれが一番良《よ》いすごし方だったのだろうか？

外の世界に連《つ》れだせば、もしかしたら佳菜《かな》の場合、一時間も生きてはいられなかったかもしれない。でも、佳菜《かな》は自分が苦しんでいるとき、母に、父に抱《だ》かれ、温《ぬく》もりを感じ、みつめてもらい、言葉をかけてもらえたらどんなにか心強かっただろう。そうした時間をすごしてから旅立《たびだ》ったのなら、佳菜《かな》も少しは安心したかもしれない。もしかしたら、ほんのわずかな幸せも感じることができたかもしれない。私たちも親として、かけがえのない大切《たいせつ》なわが子とすごせた時間にいくらか癒《いや》されたかもしれない。

一人《ひとり》で家に閉《と》じこもり、二か月三か月とたつうちに、一人で悲しみに向き合うのに耐《た》えられなくなってきた。

誰《だれ》かに佳菜《かな》のことを話したい、私を悲しみの底《そこ》から救《すく》ってほしい。同じような体験《たいけん》をした人に会いたくて、そのような会がないか探《さが》したが、近くには見つからなかった。本屋さんや図書館にも、関連《かんれん》する本は見つからなかった。それでも私は人を求《もと》め、郵便局《ゆうびんきょく》の待ち時間にとなりあった人、地域《ちいき》の集まりで一緒《いっしょ》になった人、お店の人などに佳菜《かな》のことを話した。皆初対面《みなしょたいめん》だったが、初対面でも、天気の話をするのと同じように必《かなら》ず「お子さんは？」と聞かれるので、そこですかさず佳菜《かな》の話をしたのだ。ほとんどの人は驚《おどろ》くよりも、どう対処《たいしょ》していいのか分からず困《こま》っていた。

かなりご年配《ねんぱい》の人の中には、私も子どもを亡《な》くしたとか、親戚《しんせき》の誰々《だれだれ》さんもとか、近所の方も、という話をしてくれる人がいた。つらいのは私だけじゃないのだ、そう思うだけで少し救《すく》われた。

そして佳菜《かな》を亡《な》くして五か月たってから、私は保育園《ほいくえん》で働《はたら》くことにした。外で赤ちゃんを見るのもつらい私が、はたして保育園で働けるのだろうか。しかし、ここで逃《に》げては、一生《いっしょう》逃げるばかりの人生《じんせい》になるかもしれない。自分を奮《ふる》い立たせて働きはじめた。

私の職場《しょくば》となった保育園には一歳未満《みまん》の赤ちゃんはおらず、精神的《せいしんてき》には少し救《すく》われた。私は赤ちゃん時代をちょっと脱《だっ》した三歳未満児《みまんじ》クラスの担任《たんにん》となった。

子どもたちは感情《かんじょう》を抑《おさ》えることがないから、よく泣《な》き、よく怒《いか》り、そしてよく笑《わら》う。

どんなときにも精一杯《せいいっぱい》の自分をぶつけてくる。だから私も、全身で、全神経《ぜんしんけい》を集中させて相手をする。泣《な》き暮《く》らしていたころとはちがい、生きているという実感がひしひしと湧《わ》いてきた。幼《おさな》い一歳児《いっさいじ》が私の腕《うで》の中で眠《ねむ》るときは、佳菜《かな》が育っていたらこうして眠ったのだろうなと思い、こっそり泣《な》いた。だが子どもたちとすごすうちに、子どもたちがかわいくて、愛《いと》しくてしかたがないという感情《かんじょう》がどんどんふくらみ、いつしか外で出会う赤ちゃんも正視《せいし》できるようになった。

つぎの妊娠《にんしん》がうまくいくとは限《かぎ》らない。だけどそれは、自然界《しぜんかい》に身を置《お》く以上《いじょう》、しかたがないことなのだ、そういう覚悟《かくご》もでき、二度目の妊娠に踏《ふ》みきった。

平成《へいせい》八年の三月、妊娠四か月に入ったところで出血し、仕事を休み自宅《じたく》で安静《あんせい》にしていたが、その一週間後は佳菜《かな》の一周忌《いっしゅうき》の法要《ほうよう》だった。お寺までは車で一時間半かかる。おなかの赤ちゃんの心配より、お墓《はか》に入っている佳菜《かな》に会いたい、一周忌の法要に母親としてちゃんと出席《しゅっせき》したいという思いが優《まさ》って、行くことにした。その後、無理《むり》がたたり、二週間ほど入院することになったが、なんとか危機《きき》を脱《だっ》した。

正直《しょうじき》いって、このころは、せっかく宿《やど》ってくれた命を慈《いつく》しむよゆうがまったくなかった。毎日が不安《ふあん》、恐怖《きょうふ》との闘《たたか》いだった。また下着に出血していないか心配でしかたがなく、毎回トイレに行くのも苦痛《くつう》だった。早く日がたってほしい、ただそれだけを願《ねが》って毎日をすごした。そして出産予定日の翌日《よくじつ》、無事《ぶじ》に次女《じじょ》が生まれてきてくれて、ようやく、心から新しい命を喜《よろこ》ぶことができた。

次女との毎日はなんでもないことがすべて幸せだった。いつでも顔が見られる、抱《だ》っこできる、おっぱいをあげられる、一緒《いっしょ》にお風呂《ふろ》に入れる、そんなあたりまえの生活を送れることがうれしかった。

一方《いっぽう》、幸せを感じれば感じるだけ、不安《ふあん》にもなった。この幸せは長くはつづかないのではないか？　またこの子も私の腕《うで》の中で息《いき》を引き取るのではないか？　漠然《ばくぜん》とした不安がつきまとい、寝《ね》ている次女の吐息《といき》を夜中《よなか》に何度も確認《かくにん》したりした。

三度目の妊娠《にんしん》は、平成《へいせい》十一年の四月に分かった。いつもは早い時期からつわりがはじまるのに今回はまったくない。妊娠も三度目になると楽だなぁ、妊娠三か月に入ったら病院へ行こうと思っていた。その矢先《やさき》に出血した。そうだよなぁ、こんなに簡単《かんたん》に赤ちゃんが生まれるはずはないもんなぁ、妙《みょう》に自信を持っていた自分を反省《はんせい》した。

出血は「前置血管《ぜんちけっかん》」によるもので、おなかの赤ちゃんが大きくなればなるほど、下のほうにある血管が圧迫《あっぱく》されて出血が増《ふ》えていくという説明《せつめい》を医師《いし》から受けた。おなかが大きくなりはじめる妊娠《にんしん》六か月頃《ころ》から出産《しゅっさん》までは、ずっと入院が必要《ひつよう》だとも言われた。

入院生活は、張《は》り止《ど》めの薬の点滴《てんてき》を受けながら安静《あんせい》を守るというものだった。

久々《ひさびさ》の産婦人科《さんふじんか》への入院。大部屋《おおべや》には、これから出産を迎《むか》える人、赤ちゃんを産《う》んだばかりの人、不妊治療《ふにんちりょう》の人、流産《りゅうざん》した人、子宮《しきゅう》がん治療《ちりょう》の人、そして切迫流産《せっぱくりゅうざん》の私といて、バラエティに富《と》んでいた。そこには、はっきりと明暗《めいあん》があった。それぞれの立場に思いをめぐらすと、それだけで息苦《いきぐる》しくなった。

私の入院により、家族の生活も一変《いっぺん》した。夫《おっと》は、次女《じじょ》の保育園《ほいくえん》への送《おく》り迎《むか》え、家事《かじ》、私の見舞《みま》い、仕事とどれだけ時間があっても足りないようだった。次女は慣《な》らし保育《ほいく》もなくいきなり長い時間保育園に預《あず》けられ、心身ともに疲《つか》れきっていた。病院で寝《ね》ているだけの自分が情《なさ》けない。おなかの赤ちゃんも心配だったが、それ以上《いじょう》に、夫や次女のことが心配で、出血が少なくなると、家でも安静を守ると約束《やくそく》して退院《たいいん》した。しかし無理《むり》がたたり、ふたたび入院《にゅういん》というくり返しだった。

大変《たいへん》だ、いそがしいと言いながらも家事《かじ》・育児《いくじ》・仕事に励《はげ》む夫《おっと》、私の病状《びょうじょう》を心配して外に遊びに行きたい気持ちをずっとがまんしている次女《じじょ》、安静《あんせい》を守りひたすら寝《ね》ている私、家族三人が、おなかの赤ちゃんのために一致団結《いっちだんけつ》したような気がした。

しかし、そんな家族のがんばりとは裏腹《うらはら》に、妊娠《にんしん》十七週の終わりの検診《けんしん》で、赤ちゃんが亡《な》くなっていることが分かる。原因《げんいん》は不明だった。

「今回は残念《ざんねん》ですが。おなかの赤ちゃん亡くなっています」。医師《いし》は何度も超音波《ちょうおんぱ》の映像《えいぞう》をいろんな角度から眺《なが》めて、悲痛《ひつう》な面持《おもも》ちで言った。思ってもみないことだった。赤ちゃんが死んじゃった、死んじゃった。同じ言葉を何度も心の中でくり返した。どこか他人事《ひとごと》のような気がした。早い時期から何度もだめかもしれないと思い、覚悟《かくご》していたので、冷静《れいせい》でいられたのだろう。

「だいじょうぶですか？」という医師のほうが、声がふるえていた。他人が私のことを、赤ちゃんのことを心配してくれている。ありがたかった。同時に、もうこれ以上《いじょう》心配をかけたくないと思い、笑顔《えがお》で「だいじょうぶです」と答えた。

別室《べっしつ》に移《うつ》り、今後の処置《しょち》について説明《せつめい》を受ける。そのときすでに私は、おなかの赤ちゃんへの関心《かんしん》をいっさい失《うしな》っていた。これから迎《むか》えるお産《さん》にのみ関心が移《うつ》っていた。何度も、麻酔《ますい》を使えないのか聞いたが、「申しわけないけど、設備《せつび》が整っていないのでそれはできません」と言われた。赤ちゃんが無事《ぶじ》に生まれてくることはもうぜったいないのに、何を励《はげ》みに陣痛《じんつう》を乗りきればいいんだろう。できることなら、このお産《さん》から逃《のが》れたかった。自分がかわいそうでしかたがなかった。

病院を出たのはちょうどお昼時《ひるどき》だった。おなかをすかせた次女《じじょ》のために、そのまま昼食をとりにでかけ、そのあとスーパーに寄《よ》り、食べたいものをつぎつぎにカゴに入れていった。妙《みょう》に食欲《しょくよく》が湧《わ》いてきた。また、重いものを持っても平気《へいき》な自分を確《たし》かめるように、大きなスイカも買い、袋《ふくろ》の重みをずっしりと感じながら歩いた。

夕方、夫《おっと》が帰ってきた。赤ちゃんが亡《な》くなったことをまだ全然知らない夫に、事実を知らせることは勇気《ゆうき》がいった。でも、黙《だま》っているわけにはいかない。

「おなかの中の赤ちゃん死んじゃったんだって。」

「本当？」夫の肩《かた》がガクンと落ちるのが見えた。

お産《さん》は心配していたよりずっと軽かった。なかなか進まない陣痛《じんつう》を早めようと階段《かいだん》の昇《のぼ》り降《お》りをしていたとき、痛《いた》みと同時に自分の意識《いしき》とは無関係《むかんけい》に何か止まらないものを感じ、それが出産《しゅっさん》となった。すぐ分娩室《ぶんべんしつ》に入り処置《しょち》を受けるが、分娩室には、すぐにでも赤ちゃんが生まれそうな人がいた。看護婦《かんごふ》は何度も「同じ所でごめんね」と謝《あやま》った。私は、そうやって気づかってもらえたことや、お産が思ったより軽くすんだことがうれしく、となりにお産の人がいることに関《かん》しては、こういうところは元々《もともと》ふつうに出産《しゅっさん》する人のためにできているのだから、しかたがないことだと割《わ》りきっていた。

ところが、その赤ちゃんが無事《ぶじ》に生まれたのが分かると、なんともいえない悲しい気持ちになってきた。なんでだろう？　どうしてあの人の赤ちゃんは無事に生まれてきて、私の赤ちゃんは死んじゃったんだろう？　考えても考えても分からなかった。

すべての処置が終わり処置室を出て行こうとしたところ、何か言いたげな面持《おもも》ちで医《い》師《し》が現《あらわ》れた。しばらく沈黙《ちんもく》したあとで「赤ちゃんと対面《たいめん》なさいますか」と聞いてきた。

赤ちゃんと対面？　思ってもみない言葉だった。実は分娩室での処置中に赤ちゃんの体の一部が私の足に触《ふ》れ、おなかの赤ちゃんへの興味《きょうみ》をいっさい失《うしな》っていた私は、それを気持ち悪いと感じていた。そんな私が赤ちゃんと対面《たいめん》できるはずがない。対面なんてとんでもない。どうやって断《ことわ》ろうかと考えていると、「ご主人《しゅじん》はもうたちあわれましたよ」と言われた。

夫《おっと》はいつのまに病院に来て赤ちゃんに会ったんだろう。びっくりした。ずっと黙《だま》ったままの私に医師《いし》は「ご主人に聞いたら、奥《おく》さんに任《まか》せますと言っていました」と言った。夫は私の意思を尊重《そんちょう》してくれたのだろう。だがそのときの私は、(なんで断ってくれなかったの、自分で理由《りゆう》をつけて断らなければならないじゃない)と、自分の都合《つごう》のいいようにしか考えられなかった。

「私、赤ちゃんが出てきたとき、病室で赤ちゃんをちょっと見たんです。だから、もういいです」。そう言いながら、なぜか涙《なみだ》があふれてきた。医師も目を真《ま》っ赤《か》にしていた。その医師の態度《たいど》は、どんな言葉よりも慰《なぐさ》めになった。

その後私は病院を三日で退院《たいいん》し、その足で火葬場《かそうば》へと向かった。そして夫と二人《ふたり》きりで、赤ちゃんを見送った。

最後《さいご》に、赤ちゃんを見ようか迷《まよ》ったが、やはりできなかった。佳菜《かな》の苦しそうな顔がいまだ鮮明《せんめい》に思いだされるのに、この上さらに小さい小さい赤ちゃんまで見てしまっては、もう二度と私は立ち直れないだろう、そう思って、赤ちゃんよりも自分を優先《ゆうせん》させることにした。そのときは、赤ちゃんを思いやる心のよゆうなんて少しもなかった。

産後《さんご》は眠《ねむ》れない日がつづき、混沌《こんとん》とする意識《いしき》の中、次女《じじょ》も死んで私の前からいなくなるという妄想《もうそう》に苦しめられたので、しばらくのあいだは薬で眠ることにした。しかしそれ以外《いがい》は体も順調《じゅんちょう》に回復《かいふく》していった。赤ちゃんのことは無かったかのように徐々《じょじょ》に普《ふ》段《だん》どおりの生活にもどっていった。それまで迷惑《めいわく》をかけた分、次女にはできる限《かぎ》りのことをしてあげたかった。外に出て人に会うのはいやだったが、次女のためにと公園や買い物にも出かけた。

外では「上の子がいるから気がまぎれて良《よ》かったね。」「上の子のためにもがんばらなくちゃね。」「まだ若《わか》いんだから、またがんばればいいじゃない。」と声をかけられた。どの言葉も、私に嘆《なげ》き悲しむことを認《みと》めてはくれなかった。

体が本調子《ほんちょうし》にもどってくると、少しの時間も逃《のが》さずに、通信講座《つうしんこうざ》を受講《じゅこう》したり、新たな資格《しかく》を取得《しゅとく》しようと学校に行き勉強したりした。死産《しざん》した子を思いだすことはほとんどなかった。まわりの人はきっと、死産後まもないのに、ずいぶん元気で活動的《かつどうてき》だなと感じたことだろう。自分自身、そう見られることを願《ねが》っていたのかもしれない。哀《あわ》れみの目で見られることはまっぴらごめんだった。

ところが、そんな自分に少しずつ無理《むり》が出てきた。死産した子の出産《しゅっさん》予定日が近くなると、やたらとイライラし怒《おこ》りっぽくなった。また、予定日が近かった友人から、無《ぶ》事《じ》に生まれた赤ちゃんの写真入り年賀状《ねんがじょう》が届《とど》いたことで、私の感情《かんじょう》はさらにいらだった。いらだつ自分を自分でどうすることもできない。私はいったいどうしたんだろう、どうなるんだろうという不安《ふあん》な気持ちの中、いろいろ考えていくうちに、自分の存在《そんざい》に何の意味があるのか分からなくなった。

そして、元気な子どもを産《う》めない私は、他のことすべてにおいてもまったく価値《かち》がないような気がしてきた。何もする気が起きない。未来《みらい》に対する夢《ゆめ》や希望《きぼう》どころか、一か月先、一週間先の自分さえも思い描《えが》けなかった。

そんなとき、偶然《ぐうぜん》、インターネットで小さな命を亡《な》くした親がメールを交換《こうかん》している場所にたどりついた。ようやく自分の居場所《いばしょ》を見つけた気がした。そこで初《はじ》めて、泣《な》くのをがまんしなくてもいいこと、がんばらなくてもいいこと、醜《みにく》い感情《かんじょう》の芽生《めば》えもしかたないことなどの言葉をかけてもらった。頑《かたく》なになっていた私の心は、仲間《なかま》の温《あたた》かい言葉で徐々《じょじょ》にほぐれていった。また、あるがままの自分を受け入れてもらえることで、心の平安《へいあん》ももどってきた。苦しんで悲しんでいるのは自分一人《ひとり》じゃないという安心感は、佳菜《かな》を亡《な》くしてからずっと感じていた孤独感《こどくかん》も消してくれた。

ある日、子どもを亡くしたお母《かあ》さんのホームページに「人は生まれてくる前に、神様から、今その親のもとに生まれると○歳《さい》までしか生きることができないがそれでもよいか聞かれ、それでも生まれたいと赤ちゃんが願《ねが》うと、新しい命になる。」という言葉を見つけた。

佳菜《かな》も美文《よしふみ》（第三子《だいさんし》にそう名づけた）も、何の価値《かち》もないこんな私を選《えら》んでくれたんだ。短い命を承知《しょうち》で私のところに来てくれたんだと思うと、ようやく自分が認《みと》められた気がして、うれしくて涙《なみだ》が止まらなかった。

しかし、その言葉を胸に抱《いだ》きしばらくすると、今度はその言葉に苦しめられるようになった。佳菜《かな》にはやれるだけのことはやったという気持ちもある。それにひきかえ、美《よし》文《ふみ》には何もしてあげられなかった。抱《だ》くことはおろか顔を見てあげることもしなかった。私は取り返しのつかないことをしてしまった。そこに来てようやく、自分の犯《おか》した大きな過《あやま》ちに気がついた。死産《しざん》してからちょうど一年がたっていた。

美文《よしふみ》への罪悪感《ざいあくかん》はとても強く、自分を責《せ》めてばかりの日々がつづいた。そんなとき、ある出来事《できごと》がきっかけとなり、私はとうとう心身《しんしん》のバランスを崩《くず》して病院に通《かよ》うことになった。そこで、初《はじ》めて、私は自分の内面と向き合う多くの時間を持った。今まで認《みと》めたくなかった弱い自分、醜《みにく》い心を持つ自分も自分なのだと認めることや、今まで目をそむけてきた深い悲しみに向き合う作業《さぎょう》はとても苦しいことだった。でもだんだんと、そんな自分も自分だと受け入れられるようになってきた。そう思えると、肩《かた》の力もぬけ、少し気が楽になった。

いまだに赤ちゃんは見たくないし、幼《おさな》いきょうだい連《づ》れを見るのもつらいし、赤ちゃん誕生《たんじょう》のニュースに動揺《どうよう》もするけれど、そんな自分を責めて追いこむこともやめた。

人と比《くら》べていてもしかたない、私は私なりのペースで歩いていけばいいじゃないかと思えるようにもなった。人と比べないことで、自分のまわりにあった多くの幸せにも気づいた。

次女《じじょ》と手をつないで散歩《さんぽ》し、可愛《かわい》らしい手の温《ぬく》もりを感じているとき、家族みんなが一つの話題に盛《も》りあがり大笑《おおわら》いするとき、一日が平穏《へいおん》にすぎたとき、家族の寝顔《ねがお》を眺《なが》めているときなど、どんなささいなことにも幸せを感じることができる。失《うしな》ったものは大きいが、それと引き換えに手に入れるものもあったことに気がついた。

今の私は、子育て、仕事、ボランティア、趣味《しゅみ》と忙《いそが》しい毎日を送っている。もしかしたら、私はどんなことも乗りこえられる強い人間に見えるかもしれない。でもそうじゃない。まだまだちょっとしたことでぐらつくし、へこんだりもする。佳菜《かな》を亡《な》くす前の私にはけっしてもどれない。二人の子どもの死は、乗りこえられるものじゃないし、そもそも乗りこえようなんていう気持ちは私にはない。

ただ、佳菜《かな》や美文《よしふみ》が生きられなかった命が私には与《あた》えられていることに感謝《かんしゃ》しながら生きているだけだ。

ひかるは私《わたし》に「生《い》きて！」と言《い》っているのだ。

北村紀子（きたむら・のりこ）・山口県美祢郡
［当時29歳］

「残念《ざんねん》ですが一人《ひとり》、亡《な》くなってます。」という医師《いし》の言葉に、耳を疑《うたが》った。いったい何が起きているのか、どうなっているのか理解《りかい》できなかった。

私は二十六歳で結婚《けっこん》した。すぐにでも子どもはほしかったが、なかなかできなかった。思春期《ししゅんき》のころから生理《せいり》が不順《ふじゅん》だったので、もしやと思いながら産婦人科《さんふじんか》を受診《じゅしん》したところ、やはり排卵障害《はいらんしょうがい》（無排卵《むはいらん》）があり、不妊治療《ふにんちりょう》がはじまった。それから約半年後、医療《いりょう》の手を借《か》りてではあったが、私は妊娠《にんしん》した。結婚して二年八か月目のことだった。

妊娠が分かったのは妊娠四週目のとき。まだ尿検査《にょうけんさ》でしか確認《かくにん》できない段階《だんかい》である。

しかし、このときから、私はおなかの中に二人《ふたり》いるのではないかと思っていた。

妊娠《にんしん》五週目の検診《けんしん》のときに、医師《いし》がエコーを見ながら「あれ？　二人いるかもしれない」と言った。やっぱり！　「今はまだ確信《かくしん》はもてないから、人に言ったらだめだよ」と言われたが、すでに私の中では確信があった。

妊娠七週目の検診で、エコーで二人の姿《すがた》が確認《かくにん》できた。「やっぱり二人いるね。これは二卵性《にらんせい》みたいだね」と医師に言われたときは、驚《おどろ》きやとまどいよりも、喜《よろこ》びのほうが大きかった。そして妊娠九週目の検診で、二卵性と確定した。

二卵性の双子《ふたご》は、胎盤《たいばん》が二つあり、一卵性の双子よりはリスクは少ないが、単胎《たんたい》の妊娠よりは胎児《たいじ》にも母体《ぼたい》にも負担《ふたん》は大きい。妊娠後期に入ったら管理入院《かんりにゅういん》をしなければならないかもしれない、大変《たいへん》なのはこれからだということだったが、とにかくうれしかった。二つのこの愛《いと》しい命が、ただ無事《ぶじ》に生まれてくれることを祈《いの》った。

二つの命は大きさもほぼ同じくらいで、順調に仲良《なかよ》く育ってくれた。検診の日が待ちどおしかった。その日だけはエコーで子どもに会える。私はつわりでフラフラだったが、子どもたちは順調《じゅんちょう》だった。

妊娠《にんしん》十六週目の検診《けんしん》のときもとくに問題はなく、安定期《あんていき》に入ったことで、私自身も安心していた。その矢先《やさき》だった。

妊娠十八週目、早産予防《そうざんよぼう》のために「子宮頸管縫縮術《しきゅうけいかんほうしゅくじゅつ》」を受けるため病院に行き、診察《しんさつ》を受けたときだった。双子《ふたご》のうちの一人《ひとり》が亡《な》くなっているのが分かった。エコーに映《うつ》しだされた姿《すがた》は、もう一人の子の十分の一以下《いか》の大きさだった。

突然《とつぜん》のことで、涙《なみだ》も出てこなかった。悲しいという感情《かんじょう》さえも、すぐには湧《わ》いてこなかった。亡くなってしまったという事実を受け入れたくなかったのかもしれない。頭の中はパニックだったが、医師《いし》や看護婦《かんごふ》たちの前ということで気が張《は》っていたということもあった。

少しして、夫《おっと》も診察室に呼《よ》ばれて入ってきた。医師は、この様子《ようす》からみて、数日前に亡くなったようだと言った。八日前に、私はひどく体調が悪かったことを思いだした。つわりもほぼ落ちついてふつうにすごせるようになっていたのに、その日は朝から気持ちが悪く、頭痛《ずつう》もひどく、一日じゅう横になっていた。風邪《かぜ》を引いたのかと思っていた。

あれは赤ちゃんからのメッセージだったのだろうか。

「お母《かあ》さん、助けて」だったのか、「お母さん、さよなら」だったのか。

ああ、あの日に逝《い》ったんだな、と思った。

医師《いし》は、もう一人《ひとり》は今のところだいじょうぶで、このまま成長《せいちょう》していけば、単胎《たんたい》の妊娠《にんしん》として継続《けいぞく》していずれ出産《しゅっさん》できること、現在、妊娠継続中なので、亡《な》くなった子は取りだしたり原因《げんいん》を探《さぐ》るための検査《けんさ》をしたりはできないと説明《せつめい》した。結局《けっきょく》、手術《しゅじゅつ》の必要《ひつよう》がなくなった私は、入院用の大きな荷物《にもつ》を持ってそのまま帰ることになった。

帰りの車の中で、緊張《きんちょう》が解《と》けたせいか、悲しみがあふれだした。しばらくして、夫《おっと》から「もう泣《な》くな。な、もう一人いるんだから」と言われた。

夫ももちろんショックだったと思う。どうしていいのか分からなかったのだろう。

「一人亡くなったのは悲しいけれど、もう一人ががんばっているんだからお前もがんばれ」という気持ちだったのだろうと今なら思える。私が悲しんでいるのを見るのがつらかったんだとも思う。でも、そのときは、せめてその日一日だけ、そのときだけでも「好きなだけ泣け」と言ってほしかった。このときから、私は夫の前では泣けないと思ってしまった。

実家《じっか》で話をすると「残念《ざんねん》だけどしかたないね。もう一人《ひとり》いるんだから気持ちを切り替《きか》えなきゃ」と慰《なぐさ》められた。

友だちにファックスで報告《ほうこく》をしたら、返事のファックスには「私の友だちにも流産《りゅうざん》をした人って結構《けっこう》いるよ。つらい思いをしてる人はたくさんいる。あなたはまだいいほうだよ」ということが書かれていた。もちろん、その前後の文章からは、私のことを思ってくれていることが伝《つた》わった。それでも、悲しくて悔《くや》しくてしかたなかった。

まだいい？　何がいいの？　亡《な》くなった子の命はそんなに軽いものなの？　一分の一と、二分の一、同じひとつの命の重さにちがいがあるの？

二人《ふたり》いるうちの一人ということと、おなかの中でということで、どうしても亡くなった子の命が軽視《けいし》されてしまうと感じられた。

流産経験《りゅうざんけいけん》のある友だちには「あなたはあとの処置《しょち》をしてないだけ、まだましよ」と言われた。確《たし》かに私はもう一人の子がいるのでなんら処置をしていないし、流産後の処置がどんなにつらいか想像《そうぞう》もできる。それでも、私はこの友人とはつらさを分かち合えるはずと思って心の拠《よ》り所《どころ》にしていたので、ショックだった。誰《だれ》にも気持ちをぶつけることができなかった。

亡《な》くなったと分かった翌日《よくじつ》から、ほぼそれまでと同じようにすごすようにしていた。それまで以上《いじょう》に明るくふるまったかもしれない。それ自体ふつうではなかったと思うが、そのときは自分ではふつうどおりと思っていた。

夫《おっと》が仕事に出かけて家に一人《ひとり》になると、悲しみは抑《おさ》えきれなかった。とくに夜、夫が寝《ね》たあと一人で起きているときやお風呂《ふろ》に入ったとき、毎晩《まいばん》おなかの上から二人《ふたり》をさすって、それぞれに「ごめんね。ごめんね」と言いながら泣《な》いた。

悲しんでばかりいると、今おなかの中でがんばってくれている子（はるなと名づけた）に申しわけない。でも私が悲しんでやらなければ、亡くなった子（ひかると名づけた）がかわいそうと。二人の子に対する葛藤《かっとう》があった。

私を少しだけ救《すく》ってくれたのは「胎動《たいどう》」だった。まだまだ弱く、本当に胎動だったのかどうかは分からないが、私が一人で泣いているときにはいつも「トン」と小さな動きがあった。私を励《はげ》ましてくれるんだろうか。「泣《な》かないで」と言ってるんだろうかと思いながらも、二人《ふたり》に対して「ごめんね。ごめんね」のくり返しだった。

ひかるが亡《な》くなったと分かった日から八日後の検診《けんしん》で、医師《いし》は亡くなった子の姿《すがた》をエコーで映《うつ》して、どのくらい胎盤《たいばん》からの血流《けつりゅう》（血液《けつえき》の流れ）があるか見てくれた。血流なんてまったく無くなってしまうものとばかり私は思っていたが、へその緒《お》の部分と亡くなった子の体の中にも、わずかに赤色と青色の表示《ひょうじ》があった。もちろん心臓《しんぞう》が動いているわけではない。それでも、もしかしてまだ助かるんじゃないか？と思った。そんなわけないのは分かっていたが、そう思わずにはいられなかった。

その十一日後、亡くなってから十九日後の検診のときは「こちらの子を映《うつ》すのはこれで終わりにします」と言われた。これから大きくなっていくもう一人《ひとり》の子に押《お》されて、もっと小さくなっていくということで、映しだすのもむずかしくなるし、やはり気持ちを切り替《か》えていかなくてはという配慮《はいりょ》だったと思う。医師は医師なりに私の気持ちを考えてくれていた。それが分かったので、私もそれに従《したが》った。

その後は、亡くなった子がエコーで映しだされることはなかったが、私は画像《がぞう》の中にあの子を必死《ひっし》で探《さが》した。しかし、素人《しろうと》の目では探しだすことはできなかった。

二卵性《にらんせい》の双子《ふたご》だったおかげで、もう一人《ひとり》の子、はるなは、あまり影響《えいきょう》を受けることなく順調《じゅんちょう》に育ってくれた。これは私にとって大きな励《はげ》み、そして支《ささ》えになったことは言うまでもない。

妊娠《にんしん》後期に入ったころ、私の血圧《けつあつ》が少し高くなってきたのと、おなかの張《は》りもひんぱんになってきたことで、妊娠三十三週に入ってすぐに入院することになった。切迫早産《せっぱくそうざん》と妊娠中毒症《にんしんちゅうどくしょう》ということだった。子どもの大きさも少し小さいということで要注意《ようちゅうい》だった。

心の中でこの子まで…と不安《ふあん》がよぎったが、いや、この子だけはぜったい無事《ぶじ》に産《う》むんだと思いかえした。ありがたいことに、医師《いし》も私と同じくらいに「この子だけはぜったい無事に」と気にかけてくださった。とても心強かった。

妊娠三十七週に入ってすぐ、二十四時間のおなかの張《は》り止《ど》めの点滴《てんてき》をはずしたところ、翌日《よくじつ》破水《はすい》し、そのまま出産《しゅっさん》となった。

途中《とちゅう》、心音《しんおん》が弱くなってきて吸引《きゅういん》にて出産《しゅっさん》した。へその緒《お》が首に二重と腕《うで》にも巻《ま》いていたため、仮死状態《かしじょうたい》だったが、なんとか蘇生《そせい》して一命《いちめい》をとりとめることができた。（注・吸引分娩《きゅういんぶんべん》とは、普通分娩《ふつうぶんべん》で、とくに難産《なんざん》になったり、胎児《たいじ》が仮死《かし》になりかけたときなどに、真空吸引《しんくうきゅういん》カップを胎児《たいじ》の頭に密着《みっちゃく》させ、陣痛《じんつう》に合わせて引っぱりだすこと。）

医師《いし》がはるなの蘇生処置《そせいしょち》をしているあいだに、助産婦《じょさんぷ》の手によって胎盤《たいばん》が娩出《べんしゅつ》された。それと一緒《いっしょ》にひかるの体も出てきた。仮死状態で生まれたはるなのことは、とても心配だったが、私はひかるのことも気になっていた。産後《さんご》のぼうっとした頭で、ひかるのことを見せてもらおうか、どうしようか考えていた。ひかるの体は子宮《しきゅう》の中で押《お》されて、紙のようにうすくなってしまっているのだと検診《けんしん》のときに医師から説明《せつめい》されていた。

今、会わなければもう会うことはできない。会ってやらなければ（見てやらなければ…）という思いはあったが、そのときはこわいという気持ちのほうが強く、どうしても「見せてください」と言えなかった。

結局《けっきょく》、ひかるには会うことができなかった。このことは今でもとても後悔《こうかい》している。

どんな状態《じょうたい》であっても、一目《ひとめ》だけでも会えばよかった。会いたかった。

はるなは未熟児《みじゅくじ》で、退院《たいいん》までに約《やく》一か月かかったが、その後は順調《じゅんちょう》で元気に成長《せいちょう》した。きっとお空で、ひかるが見守ってくれているからだとずっと思っている。

入院中、医師《いし》は「もしあのまま二人《ふたり》とも育っていたら、二人とも、ひどいときには母体《ぼたい》も危《あぶ》なかったかもしれない」と言っていた。もちろん、そうだったとしても生きていてほしかったし、私の命がなくなっても、二人を無事《ぶじ》に産《う》んでやりたかった。

でも、私でなく、ひかるが逝《い》ってしまった。

あの子は私たちを助けてくれたのかもしれない。ひかるは私に「生きて！」と言っているのだ。ひかるがそう言うのなら、私は私の人生を、ひかるの分まで一生懸命《いっしょうけんめい》生きなくてはならない。

ひかるが亡《な》くなったと分かった日から、三年がすぎた。この間《かん》、元気に成長《せいちょう》してくれているはるなと、インターネットで出会った仲間《なかま》たちのおかげで、ずいぶん元気になれた。その後もう一度妊娠《にんしん》して、いろいろな不安《ふあん》に襲《おそ》われたときも、この仲間たちに励《はげ》まされ、元気をもらって乗りきってこられた。

双子《ふたご》の一人《ひとり》、はるなは、もうすぐ二歳八か月になる。

はるなが少し話ができるようになったころに、ひかるのことを覚《おぼ》えているか聞いたことがある。はるなは「うん！」となんのためらいもなく、無邪気《むじゃき》に答えた。本当に覚えているか、確認《かくにん》のしようはない。質問《しつもん》の意味は分からないまま簡単《かんたん》に「うん！」と答えただけかもしれない。それでも私は胸《むね》が熱《あつ》くなった。涙《なみだ》があふれた。この子の中に、確《たし》かに亡《な》くなったひかるがいる。そう思った。

知っているのは限《かぎ》られた人だけの、世《よ》の中には認知《にんち》されていない小さな小さな命。姿《すがた》こそないが、私たちには大事な家族の一員である。

これからもずっと一緒《いっしょ》にすごしていきたいと思っている。

ゆりかごの歌《うた》を、さおちゃんに唄《うた》うよ。つぎはしおちゃんに唄《うた》うよ。

古閑令子（こが・れいこ）・千葉県君津市
［死産時31歳］

早織《さおり》と詩織《しおり》は二卵性《にらんせい》の双子《ふたご》だった。早織《さおり》がおなかの下のほう、詩織《しおり》が上のほうにいたので、早織《さおり》がお姉《ねえ》ちゃんになる。おなかの中の二人《ふたり》の心音《しんおん》は、いつも追いかけっこをしているように、一定《いってい》のリズムで聞こえた。とても仲良《なかよ》しの二人だったのに、まさか、出《しゅっ》産《さん》と同時に死産《しざん》の悲しみを体験《たいけん》するとは、思いもよらなかった。

結婚《けっこん》してしばらくは避妊《ひにん》をつづけ、いざ子どもをつくろうとするとなかなかできず、産婦人科《さんふじんか》を受診《じゅしん》。検査《けんさ》の結果《けっか》、排卵障害《はいらんしょうがい》があり、ホルモンのバランスが悪いことが分

かった。
以後《いご》、基礎体温《きそたいおん》をつけながら排卵誘発剤《はいらんゆうはつざい》を服用《ふくよう》し、排卵日《はいらんび》のチェックを病院で行うタイミング療法《りょうほう》をつづけたが、なかなか妊娠《にんしん》しないため、卵管通気《らんかんつうき》、排卵誘発剤の錠剤《じょうざい》（クロミッド）とＨＣＧ《エイチシージー》の注射《ちゅうしゃ》（黄体《おうたい》を刺激《しげき》するホルモン注射。注射後三十六時間後に排卵する）を経《へ》て、待ちかねていた妊娠が判明《はんめい》した。しかし、下腹部《かふくぶ》の鈍痛《どんつう》があり、流《りゅう》産《ざん》の危険《きけん》があるとのことで、しばらくは薬の服用《ふくよう》と安静《あんせい》を強《し》いられることになった。

妊娠判明から三度目の来院の際《さい》、エコーで「双子《ふたご》」であることが分かった。驚《おどろ》きと同時にこみあげてくるうれしさでいっぱいだった。

同時に、このころから、水を飲んでも吐《は》くという重いつわり（悪阻《おそ》）がはじまり、体重も八キロ減《へ》って、妊娠悪阻《にんしんおそ》で入院した。そして個人《こじん》病院から実家《じっか》近くのＮＩＣＵ《エヌアイシーユー》（新《しん》生児集中治療室《せいじしゅうちゅうちりょうしつ》）のある総合病院に転院した。あんなに待ちかねていた妊娠なのに、このころの生活は地獄《じごく》のようだった。それでも、おなかの二人《ふたり》が元気に大きくなっていることに、初《はじ》めて母親としての喜《よろこ》びのようなものを感じていた。

その後、仕事に復帰《ふっき》して妊娠二十七週まで遠距離通勤《えんきょりつうきん》をつづけたが、医師《いし》からストップがかかりお休みをとったとたん、干《ほ》していた布団《ふとん》を取りこんでいるときに出血。切迫《せっぱく》早産《そうざん》による入院となった。

おなかの張り止《ど》めの点滴《てんてき》（ウテメリン）の二十四時間投与《とうよ》のため、歩行《ほこう》も禁止《きんし》、トイレも食事もベッドの上という生活がはじまった。最初《さいしょ》はあまりの不自由《ふじゆう》さに涙《なみだ》もこぼれたが、毎日ドップラーで二人《ふたり》の心音《しんおん》を聞くことが何よりの楽しみだった。

このころは、早織《さおり》は頭が下向き（通常《つうじょう》の胎児《たいじ》の向き）で私から見ておなかの左側のほう、詩織《しおり》は横向きでおなかの右の上のほうにいた。早織《さおり》のほうが少し大きくて九〇〇グラム、詩織《しおり》が七五〇グラムくらいで、二人とも順調《じゅんちょう》に成長《せいちょう》していた。双子《ふたご》としては大きいほうだということだった。

妊娠《にんしん》三十週のときに一時帰宅《きたく》を許可《きょか》されたが、おなかの張り止めの内服薬《ないふくやく》を服用《ふくよう》しながら絶対安静《ぜったいあんせい》。このころから、朝起きると、手の指が曲がらないほどのむくみを感じるようになった。

多胎《たたい》の場合は、妊娠中毒症《にんしんちゅうどくしょう》を起こしたり早産《そうざん》しやすいため、入院して経過《けいか》をみることが多い。私も妊娠三十二週で管理入院《かんりにゅういん》することになった。はじめは張り止めの内服薬のみで、トイレへの歩行《ほこう》、シャワーも許可《きょか》された。胎児《たいじ》の位置《いち》は「頭位《とうい》＋頭位」（二人とも下向き）になった。

妊娠三十四週に入ったころから、起きあがるとおなかの張《は》りがひどくなり、張《は》り止《ど》めの二十四時間点滴投与《てんてきとうよ》に変わった。点滴瓶《てんてきびん》にマジックで書かれた字をみて、以前《いぜん》の入院時よりも点滴の濃度《のうど》が高いものに変わったことが分かった。

医師《いし》が内診《ないしん》すると、子宮口《しきゅうこう》が一センチくらい開いていて、医師の指に頭がふれるくらい、早織《さおり》は下がってきているのが分かった。私は指のむくみがかなりひどかったので主治医《しゅじい》に聞いたところ、「双子《ふたご》ならそのくらいのむくみはふつう」と言われ、私もさほど注意していなかった。

このころになると、お産《さん》についての話も具体化《ぐたいか》し、自然分娩《しぜんぶんべん》か帝王切開《ていおうせっかい》か希望《きぼう》を聞かれた。双子でも二人の頭が下向きで、問題がなければ自然分娩も可能《かのう》であるとのことだった。私は初《はじ》めてのお産《さん》で、双子でもあることから自然分娩は不安《ふあん》で、最初《さいしょ》から帝王切開しか考えていなかった。

主治医《しゅじい》は、私の場合、自然分娩のほうが向いているし、胎児《たいじ》のためにもそのほうがいいと言う。泣《な》きたくなるほど迷《まよ》いはじめた。結局《けっきょく》、夫や母とも話し合い、やはり帝王《ていおう》切開《せっかい》を希望《きぼう》し、手術日《しゅじゅつび》も決まった。ところが、同じ病室のとなりのベッドには同じく双子《ふたご》のお産《さん》を控《ひか》えた人がいて、その人と重《かさ》なるとＮＩＣＵ《エヌアイシーユー》（新生児集《しんせいじしゅう》中治療室《ちゅうちりょうしつ》）が大《たい》変《へん》だからと私の手術日は延期《えんき》になった。

するとふたたび、主治医《しゅじい》から自然分娩《しぜんぶんべん》を奨《すす》められた。医師《いし》は決定権《けっていけん》をもたないので、最終的《さいしゅうてき》には私が決めることになる。このとき、主治医のほうから「胎盤剥離《たいばんはくり》」についての話が出た。「いろいろ多胎《たたい》の本には胎盤剥離《たいばんはくり》のことが書いてあるが、あまり気にする必要《ひつよう》はないし、自分には経験《けいけん》がない」と言う。

そこまで先生がおっしゃるならと、自然分娩で行く方向で決まった。

のちに、主治医にとって私が初《はじ》めての多胎での胎盤剥離の例《れい》になるとは思いもよらなかった。このとき、「子どもの命を最優先《さいゆうせん》に」、と強く言わなかったことを後悔《こうかい》している。

妊娠《にんしん》三十六週で点滴《てんてき》をはずして陣痛《じんつう》を待つ予定が、実際《じっさい》には主治医は点滴をはずそうとせず、三十七週に延《の》びた。

妊娠三十六週の検診《けんしん》の際《さい》、おなかの二人《ふたり》はそれぞれ二〇〇〇グラムを越《こ》えていた。胎《たい》児《じ》の体重と胎盤《たいばん》を合わせると、五キロから六キログラム以上《いじょう》あり、私は上を向いて眠《ねむ》ることはもちろんできず、体を起こすことも困難《こんなん》になっていた。

むくみもかなりひどく、検診《けんしん》でも浮腫《ふしゅ》はプラスだったが、胎児《たいじ》に異常《いじょう》はなく、元気に育っていることが何よりもうれしかった。双子《ふたご》としては大きいほうであることが私の自《じ》慢《まん》であり、心配する要素《ようそ》は感じなかった。

もうすぐこの世《よ》にあらわれる愛《いと》しい二人《ふたり》のための準備《じゅんび》はすべて整《ととの》っていた。布団《ふとん》も肌《はだ》着《ぎ》もすべて二組ずつだった。名前も決めていた。なんとなく二人とも女の子だという気がしていたので、第一子《だいいっし》を「早織《さおり》」、第二子《だいにし》を「詩織《しおり》」と決めた。


病院は土日になるとスタッフが減《へ》り、患者《かんじゃ》の処置《しょち》や対応《たいおう》も翌週《よくしゅう》のはじめに延《の》ばされることになる。私も翌週の月曜日に点滴をはずし、陣痛《じんつう》を待つことになった。

夕方一回、かならず助産婦《じょさんぷ》さんが胎児《たいじ》の心臓《しんぞう》の音がしっかり聞こえるかどうか、ドップラーで確認《かくにん》しにくる。その日面会《めんかい》に来ていた夫《おっと》も一緒《いっしょ》に聞くことになった。

毎日のことなので、助産婦さんは二人の心臓がどの辺《へん》にあるのかも分かっている。

「あれ？　今日《きょう》の一人《ひとり》の心音《しんおん》はだいぶゆっくりだね。さては寝《ね》ているな？」と言った。実際《じっさい》、胎児《たいじ》の体の向きによっては心音《しんおん》が聞き取りにくいこともあったので、その言葉に私は何の疑《うたが》いも感じていなかった。

翌日《よくじつ》、昼食のあとで横になっていると、下腹部《かふくぶ》に生理痛《せいりつう》のような痛《いた》みを感じた。すぐおさまったので、看護婦《かんごふ》さんに報告《ほうこく》もしないでいた。夫《おっと》が、買ってきたばかりのビデオで私のおなかを撮《と》ろうということになり、明日《あす》の朝にははずされる最後《さいご》の点滴瓶《てんてきびん》も一緒《いっしょ》に撮影《さつえい》した。いつものように助産婦《じょさんぷ》さんが心音を聞きにきたので、その様子《ようす》も撮影した。

早織《さおり》の心音《しんおん》はいつものように元気良《よ》く、ドックン、ドックン聞こえる。詩織《しおり》の心音《しんおん》は、あれ？　ペッコン、ペッコン、ゆっくりだ。昨日《きのう》も一緒に詩織《しおり》の心音を聞いた夫が心配して質問《しつもん》したが、助産婦さんは「胎児の向きによって、聞き取りにくかったりしますから、だいじょうぶです」と答えた。

そして、その日も私は気にせずに、あと何時間かではずれる点滴のことばかり頭にあって、陣痛《じんつう》がくる前に一度シャワーを浴《あ》びたいなぁ、早くこの管《くだ》から解放《かいほう》されて自由《じゆう》になりたいな、そんなことばかり考えていた。

その日は十時ごろ眠《ねむ》りについた。十二時すぎに排尿《はいにょう》したが、それでもなんだかおなかが張《は》っている。そのうちに鈍痛《どんつう》がだんだんひどくなり、時間をはかると間隔《かんかく》が五分もない。陣痛《じんつう》がきた、と思ってナースコールし、出産《しゅっさん》用品を全部持って車椅子《くるまいす》で分娩室《ぶんべんしつ》へ向かった。

助産婦《じょさんぷ》さんに「いよいよだね」と言われて、私もとうとうそのときが来たと、夫《おっと》からもらったお守りを握《にぎ》りしめた。

分娩台に上がり、助産婦さんが内診《ないしん》する。子宮口《しきゅうこう》は一・五センチ開いていた。そして分娩監視装置《ぶんべんかんしそうち》をつけると、いたいた、早織《さおり》が。元気がいい。

詩織《しおり》は？　どこに行っちゃったの？　心音《しんおん》が見つからないよ。今、どこ向いてるの？

二人の助産婦さんが探《さが》しても見つからず、当直《とうちょく》の先生を呼《よ》ぶことになった。おなかの痛《いた》みがひどくなり、痛みの間隔がなくなった。

やがて当直の先生がいらして、超音波《ちょうおんぱ》で確認《かくにん》し、「一人《ひとり》は、ここだな」と言うと、それっきり何も言わなくなった。顔を見ると先生は首を傾《かし》げている。

おなかが痛《いた》い、痛い。

「バシャーン」という音がして、体から何か出たのが分かり、「あっ、破水《はすい》した」と私はとっさに言ったが、助産婦《じょさんぷ》さんは「フォアグラ」と言い、「今日《きょう》、ご主人《しゅじん》は自宅《じたく》にいる？」と聞く。

私は冷汗《ひやあせ》で体じゅうが気持ち悪く、なんだか意識《いしき》がもうろうとしてきた。

「今、出血があって、これはこの時期にしては赤すぎるから、至急手術《しきゅうしゅじゅつ》をするからね」と先生がおっしゃった。あとで知ったことだが、このとき、詩織《しおり》のほうの胎盤《たいばん》が剝《は》がれてしまったので、それにより大出血となっていた（二卵性《にらんせい》の双子《ふたご》で胎盤は二つある）。

私は二人《ふたり》が無事《ぶじ》だと信《しん》じて疑《うたが》わなかった。それからの記憶《きおく》はとぎれとぎれにしかない。

主治医《しゅじい》の先生と、ずっと一緒《いっしょ》に診《み》てくれていた女医《じょい》さんが、あわてて入ってきた。超《ちょう》音波《おんぱ》を見ながら「いい？　一人《ひとり》はここで動いているのが分かるけど、もう一人は動いてない。こうなると、もう一人も助かる確率《かくりつ》が低いから、緊急《きんきゅう》で手術するよ。」

私は何がなんだか分からないまま、もうろうとする意識《いしき》の中で、手術同意書《どういしょ》に拇印《ぼいん》を押《お》した。

手術室《しゅじゅつしつ》で全身麻酔《ぜんしんますい》をかける前に、早織《さおり》の心音《しんおん》が聞こえた。とても、とても、しっかりした音で、ドックン、ドックンと聞こえた。

二人《ふたり》ともがんばって、と祈《いの》りながら意識《いしき》はなくなった。

麻酔からさめた途端《とたん》、吐《は》き気《け》がした。おなかをさわると、ぺちゃんこになっている。

少し起きあがって吐いた瞬間《しゅんかん》、どどっと出血しているのが分かった。夫《おっと》がいて「生まれたよ」と言うので、「もう一人《ひとり》は？」と聞くと「だめだった」と答えが返ってきた。

初《はじ》めは、何か重いものがずーんと胸《むね》にあるような、そんな感じで、ショックと、夢《ゆめ》を見ているかのようで涙《なみだ》も出なかった。

「入院中に起きた、常位胎盤早期剝離《じょういたいばんそうきはくり》による死産《しざん》」だった。二卵性《にらんせい》だったため、運良《うんよ》く早織《さおり》は助かった。早織《さおり》は二六五二グラム、詩織《しおり》は二二一〇グラムあった。

早織《さおり》は、検査《けんさ》のためＮＩＣＵ《エヌアイシーユー》に運ばれ、詩織《しおり》は、霊安室《れいあんしつ》へ運ばれた。

つぎに目がさめたとき、たくさんの助産婦《じょさんぷ》さんと先生がいて、私の体を押《お》さえていると思ったら、麻酔《ますい》なしで子宮《しきゅう》を掻爬《そうは》された。出血が止まらなくて、子宮がまったく元にもどらない。助産婦さんが、双子《ふたご》で子宮が伸《の》びきっていること、手術直前《ちょくぜん》までウテメリン（張《は》り止《ど》めの薬）をはずさず、手術後すぐに子宮《しきゅう》を働《はたら》かそうという点滴《てんてき》をしても、子宮自体がだめになってしまっているからとつぶやいた。

そして輸血《ゆけつ》がはじまり、一時間ごとに、おなかの上に氷を置《お》き、冷《ひ》やし、マッサージし、血圧《けつあつ》をはかるということを、一日じゅうくり返した。

年配《ねんぱい》の助産婦《じょさんぷ》さんが、マッサージをしながら泣《な》いていた。入院が長かったので、助産婦さんともすっかり仲良《なかよ》くなっていたからだろうか。

ずっと点滴《てんてき》の針《はり》を刺《さ》していた私の血管《けっかん》は、もうどこにも刺す所がないくらいだった。

あとで保険《ほけん》会社に出す診断書《しんだんしょ》を見て知ったのだが、そのとき私は「弛緩出血《しかんしゅっけつ》」を起こしていた（注・弛緩出血《しかんしゅっけつ》とは、出産後《しゅっさんご》、子宮の収縮《しゅうしゅく》が悪いときに、あっというまに大量の出血が起こること。）。直接、担当医《たんとうい》からは何の説明《せつめい》もなく、ただ、これ以上《いじょう》、出血が止まらない場合は子宮摘出《しきゅうてきしゅつ》も考えなければならないと言われていた。

私は自分で出産したのに、二人《ふたり》の子どもにも会えないままだった。だから産《う》んだという実感よりも、詩織《しおり》を亡《な》くした悲しみのほうがずっと大きく、どうしても詩織《しおり》にふれたくて、霊安室《れいあんしつ》にいたのを無理《むり》やり連《つ》れてきてもらった。死んでいる、とは思えないほど、すやすやと眠《ねむ》っているようで、自分で見てもびっくりするほど私に似《に》ていた。抱《だ》いた瞬間《しゅんかん》、愛《いと》しさで胸《むね》がいっぱいになった。救《すく》ってやれなかったことが悔《くや》しかった。

出産《しゅっさん》の翌日《よくじつ》は詩織《しおり》の火葬《かそう》の日だった。

昨日《きのう》、霊安室から連れてきてもらって抱《だ》っこしたばかりなのに、もう連れて行っちゃうの？　もう会えないの？　もう抱けないの？

私はまだ起きあがることもできなかったし、出血も止まらなかったので、夫が付《つ》き添《そ》って、私の親族《しんぞく》と夫の親族が詩織《しおり》を見送ってくれた。

二二一〇グラムあった詩織《しおり》は、お骨《こつ》もとてもしっかりしていたと母から聞いた。

詩織《しおり》の火葬が終わったころ、私の出血はおさまり、その日の夕方、女医さんが病室に来て「出血が止まって本当に良《よ》かったよ」と言って涙《なみだ》ぐんで「私が泣《な》いちゃあ、いけないんだね」と言いながら病室を出ていった。

「先生、私はだいじょうぶ。この子は、きっと良い子に育ってくれると思う」と、NI《エヌアイ》CU《シーユー》で夫が撮《と》ってきてくれた早織《さおり》の写真を見ながら、私は必死《ひっし》で言った。

出産《しゅっさん》と死産《しざん》を一度に経験《けいけん》した私の気持ちは、とても複雑《ふくざつ》なものだった。幸《さいわ》い、早織《さおり》はとても元気に成長《せいちょう》しているが、早織《さおり》の一つひとつの成長を見るたびに、詩織《しおり》への思いは募《つの》る。

「はじめから一人《ひとり》だったと思えば」とか「二人《ふたり》で良《よ》かったね（一人死んでも一人いるから）」とか、周囲《しゅうい》は励《はげ》ますつもりでも、私にはとてもそんなふうには思えなかった。

早織《さおり》の子育てがはじまって、おっぱいを飲ませているとき、泣《な》いている早織《さおり》を抱《だ》いてあやすとき、詩織《しおり》を助けてあげられなかったことへの自責感《じせきかん》でいっぱいになった。

早織《さおり》をあやすときにいつも唄《うた》ってあげていた童謡《どうよう》は「七つの子」と「ゆりかごの歌」だった。「七つの子」の途中《とちゅう》で「かーわい、かーわいとカラスは鳴《な》くの」の歌詞《かし》にさしかかると、声がつまった。「ゆりかごの歌を、さおちゃんに唄《うた》うよ」「つぎはしおちゃんに唄《うた》うよ」と言いながら、涙《なみだ》がこぼれた。

心音《しんおん》が弱かったときにもっと訴《うった》えていればとか、点滴《てんてき》を妊娠《にんしん》三十六週ではずしてもらっていたら、などの思いは今も消えることはない。

ずっとおなかの中で二人《ふたり》ですごしてきたのに、生まれながらにしてまぢかに「死」があった早織《さおり》は、二歳になり、おしゃべりが上手《じょうず》になると、急に詩織《しおり》のことを言いはじめた。「しおちゃんは、どこにいるの？」と聞くので、「お空の上だよ」と言うと、それからは毎日、空を見上げて、「しおちゃーん」と呼《よ》んでいる。公園できれいな花を見つければ「しおちゃんに持って帰ろうね」と言う。仏前《ぶつぜん》にお供《そな》えするためだ。

昨年《さくねん》、七五三《しちごさん》の着物を着て写真を撮《と》りに行ったときは、「しおちゃんに見せに行く」と言ってお墓《はか》に行き、千歳飴《ちとせあめ》を一本置《お》いてきた。そんな早織《さおり》を見ていると少しせつなくなるが、こんなに詩織《しおり》のことを意識《いしき》しながら成長《せいちょう》してくれていることを心からうれしく思う。

早織《さおり》が成長しているのと同じくらい、詩織《しおり》もお空でたくさんお友だちを見つけて成長していることだろう。

そして、ずっと、ずっと早織《さおり》のことを見守ってくれていると思う。

「大切《たいせつ》な二人《ふたり》、早織《さおり》と詩織《しおり》、ママの子どもになってくれて本当にありがとう。」

子どもを亡《な》くしたことで、必ずしも絆《きずな》が深まる夫婦《ふうふ》ばかりではないと思う。

私たち夫婦の場合、詩織《しおり》の死は、二人《ふたり》の価値観《かちかん》のちがいを決定的《けっていてき》にした。仏壇《ぶつだん》のことやらいろいろなことで。そして私は夫《おっと》の前では泣《な》けなかった。泣いていては早織《さおり》の成《せい》長《ちょう》に良《よ》くないと言われていたからだ。

早織《さおり》の子育てに格闘《かくとう》する日々、夫の仕事がさらに忙《いそが》しくなったことと重《かさ》なり、私は毎日さみしかった。夫にその気持ちを伝《つた》えようとしても、うまく伝わらない。一番分かってほしい人に理解《りかい》してもらえない。

夫には、私のさみしさは分からないと言われた。それよりも自分でストレスの解消《かいしょう》方法を見つけるようにと言われ、私はインターネットでホームページをつくった。どうしても早織《さおり》と詩織《しおり》の二人のことを形として残《のこ》しておきたかったからだ。

やがて、私はネットの向こうにいるたくさんの人たちと、毎日話すことが何よりの楽しみとなった。同じ状況《じょうきょう》を経験《けいけん》したことのある人がいたというだけでも救《すく》われた。またそうでない人でも、寄《よ》り添《そ》える心がそこにあるだけでうれしかった。

そして夫との関係《かんけい》を修復《しゅうふく》するため、また詩織《しおり》の死を乗りこえるためのきっかけとして、私はどうしても、もう一人《ひとり》子どもを産《う》みたかった。不妊治療《ふにんちりょう》も再開《さいかい》し、今度はそんなに簡単《かんたん》にはできなかったので体外受精《たいがいじゅせい》も試《こころ》みたが、とうとう妊娠《にんしん》には至《いた》らなかった。

そんな一点ばかりを見ていたとき、友人が「もう十分《じゅうぶん》がんばったよ。だからそんなにがんばらなくてもいいよ」と言葉をかけてくれた。前を向いて歩くこと、笑顔《えがお》でいることの大切《たいせつ》さも教えてくれた。

私が二人《ふたり》の子どものためにしてあげられることは、できるだけ毎日を笑顔ですごすこと、夫《おっと》との関係《かんけい》を良《よ》くするためにも、また私自身のためにも、それが一番大切なことであると気づいた。今は笑顔でいられることに大きな喜《よろこ》びを感じている。

そして夫も、彼なりに悲しみを乗りこえて、二人の子どものことを大切に思ってくれているのだと、今はそう思えるようになった。

麻衣《まい》ちゃん、きれいなお花《はな》がいっぱいで良《よ》かったね。

浅水屋七重（あさみずや・ななえ）・埼玉県吉川市
［死産時28歳］

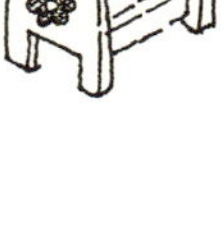

私たちの初《はじ》めての子ども、麻衣《まい》が私のおなかに宿《やど》ったのは一九九八年の秋だった。冬がすぎ、春がきた。タンポポやシロツメクサを見つけては、「麻衣《まい》ちゃん、来年は一緒《いっしょ》に見ようね」とおなかの赤ちゃんに話しかけた。五月に入ると、赤ちゃんを迎《むか》える準備《じゅんび》はすべて整《ととの》い、小さなクーハンを見ながら、そこに赤ちゃんが眠《ねむ》る姿《すがた》を幸せな気持ちで想像《そうぞう》していた。

臨月《りんげつ》に入って一週間（妊娠《にんしん》三十七週目）、その日は朝から赤ちゃんが動かなかった。

いつもよく動くのにおかしいな。様子《ようす》をみたが一向《いっこう》に動かない。まさか臨月《りんげつ》でだめになるなんてこと。夜中《よなか》は動いてたし。そう思いながら、先生の「だいじょうぶですよ」のひとことを聞きに、私は病院へ向かった。

ところが、そこで告《つ》げられたのはまったく予期《よき》せぬ言葉だった。「心臓《しんぞう》が動いていない」「死産《しざん》」「ご主人《しゅじん》に連絡《れんらく》を」。

頭の中は真《ま》っ白《しろ》なのに、なぜか冷静《れいせい》だった。夫《おっと》に電話し、用意してあった入院用の荷物を持ってきてほしいと頼《たの》んだ。「カメラはぬいておいて」「ベビー用品のレンタルをキャンセルして」と伝《つた》えるのも忘《わす》れなかった。

おなかから赤ちゃんを出さなければならないという。器具《きぐ》を使って人工的《じんこうてき》に子宮口《しきゅうこう》を広げる誘導分娩《ゆうどうぶんべん》の処置《しょち》をする前に、看護婦《かんごふ》さんは、何度も赤ちゃんの心音《しんおん》を聞く機械《きかい》をおなかにあててくれたが、結果《けっか》は同じだった。陣痛《じんつう》が強くなってくると、だんだん耐《た》えられなくなり「息《いき》みたい！」と何度もナースコールをした。

助産婦《じょさんぷ》さんに「息《いき》んでもいいよ。どうせまだ出ないから」と言われたとき、私は初《はじ》めて泣《な》いた。やっと麻衣《まい》に会える。一人きりの陣痛室で大声を上げて泣いた。陣痛はひと晩《ばん》じゅうつづいた。

明《あ》け方《がた》ごろ、ほかの妊婦《にんぷ》さんが入院してきた。となりの分娩台《ぶんべんだい》から、可愛《かわい》らしい産声《うぶごえ》が聞こえる。「きれいな赤ちゃんですよ」という声も聞こえた。生まれていたのは麻衣《まい》と同じ女の子だった。もしかしたら私の赤ちゃんも泣《な》いてくれるかも、今までのは何かも夢《ゆめ》だったのかも、そんな期待《きたい》もむなしく、数時間後、静かな赤ちゃんが生まれた。

そして、赤ちゃんの首にへその緒《お》が三周《しゅう》も巻《ま》きつき、首が紫《むらさき》色になっていたことを告《つ》げられた。

「どっちに似《に》てた?」と先に娘《むすめ》に対面《たいめん》した夫《おっと》に聞くと、「七重《ななえ》みたいだった」と小さな声で答えた。けれど初《はじ》めて対面したわが子は、夫によく似た女の子だった。おくるみに包《つつ》まれ、紅《べに》がさしてあった。まるで眠《ねむ》っているようだ。

なんて、可愛《かわい》いんだろう。

一瞬《いっしゅん》、赤ちゃんが死んでいることなど忘《わす》れてしまった。抱《だ》っこするとふわっとした感触《かんしょく》。おなかにいるときから決めていた名前で「麻衣《まい》ちゃん」と呼《よ》んだ。泣きながら「また来てね」と言った気がする。そんな私を見て婦長《ふちょう》さんが「お母《かあ》さんの回復《かいふく》に悪いから」とすぐに赤ちゃんを連《つ》れていこうとした。

離《はな》れたくない！　でもそのときの私には「待って。手と足だけ、さわらせてくださ い」と言うのが精一杯《せいいっぱい》だった。「もっと一緒《いっしょ》にいさせてください」とはっきり言えなかったことを、今でも深く後悔《こうかい》している。

つぎに麻衣《まい》に会えたのは、自宅《じたく》での通夜《つや》の席《せき》だった。お線香《せんこう》をあげる手がふるえた。数日前までおなかの中で元気に動いていたのに、今は棺《ひつぎ》の中に眠《ねむ》っている。誰《だれ》がこんなことを想像《そうぞう》しただろう。棺には、麻衣《まい》に目を開《あ》けて見てもらうことのできなかった私と夫《おっと》の写真、おなかにいるあいだ、いつも読んであげていた『おふろでちゃぷちゃぷ』という絵本、大きくなったら一緒に遊ぼうと思っていた折《お》り紙《がみ》などを入れてあげた。

通夜《つや》でも葬式《そうしき》でも、取り乱《みだ》さないよう気を張《は》っていたのに、いざ出棺《しゅっかん》となると、横を通りすぎる棺に思わず手をかけてしまった。

「麻衣《まい》ちゃん、きれいなお花がいっぱいで良《よ》かったね」と言いたかったのに、言葉にならなかった。「しっかりして」「ちゃんと見送ってあげよう」。母と義母《ぎぼ》が泣《な》きながら私の腕《うで》を支《ささ》えていた。

入院中、食事は部屋出《へやだ》しだったが、一食だけお祝《いわ》いということで、ロビーでフランス料理《りょうり》の会食《かいしょく》があった。私の部屋から楽しそうに食事をしている姿《すがた》がうかがえた。産科《さんか》というのは残酷《ざんこく》な場所だ。幸不幸《こうふこう》をこんなにもはっきり分けてしまう。今までにも私のように、悲しみのどん底《ぞこ》であの光景《こうけい》を見た人がいたのだろうか。

つらい入院生活だったが、病院のスタッフには十分《じゅうぶん》なことをしてもらったと思っている。毎日夫《おっと》に病室に泊《と》まるよう勧《すす》めてくれるなど、心の伝《つた》わってくる対応《たいおう》だった。入院中、看護婦《かんごふ》さんが産後《さんご》の体についての説明《せつめい》をしにきてくれたときのこと、申しわけなさそうに「これしかないんだけど」と言って渡されたのは「ご出産《しゅっさん》おめでとうございます」というパンフレットだった。

私はおめでたい出産ではない。だが、病院には、悲しい出産になった人のためのパンフレットなんて用意されているわけがない。もらったパンフレットには、母乳《ぼにゅう》のあげ方や乳房《ちぶさ》の手入《てい》れ、母親がとるべき栄養《えいよう》のことなどが書いてあった。どれも私には関係《かんけい》なく、唯一必要《ゆいいっひつよう》としたのは悪露《おろ》（注・出産のあとに見られる生理《せいり》のような出血）の手入れのページだった。

退院後《たいいんご》も、私は大きな悲しみの波にのまれ、もがいていた。その悲しみは、今まで自分が生きてきて、つらい、悲しい、と感じていたこととはまったく別《べつ》のものだった。今まで味わったことのない苦しみだった。

つい一週間前まで自分のおなかの中にいて、その存在《そんざい》を幸せな気持ちでかみしめていたわが子が、今はお骨《こつ》になっている。自分は生身《なまみ》の赤ちゃんではなく、小さな白い箱を胸《むね》に抱《だ》き、毎日泣きながら話しかけている。はじまるはずだった生活はなくなってしまった。今はあの子を抱《だ》くことも声を聴《き》くこともできない。

妊婦《にんぷ》さんを見れば、あの人は私とちがってきっと元気な赤ちゃんを産《う》めるんだと恨《うら》めしいとも言える気持ちになった。元気な赤ちゃんを優《やさ》しい気持ちで見ることなど、とてもできない。今まで心地良《ここちよ》かったものに胸をしめつけられる。私の中ですべてがひっくり返っていた。

私はお母《かあ》さんになれなかった。子どもをちゃんと産《う》んであげられなかった。なんでだろう？　なんで私だけ。「母親失格《しっかく》」、天《てん》からそう言われている気さえした。

そんなドロドロしたものを抱《かか》えながらも、みんなの前では明るくふるまった。「元気？」と聞かれれば、「元気だよ！」と答えた。そう答えるしかなかった。私を慰《なぐさ》めようとしてまわりがかけてくれる言葉は、あまりにも自分の気持ちとかけ離《はな》れていて、いっそう落ちこんだ。

「がんばって」「早くつぎの子を」「気にしないで」。

亡《な》くなった子を悼《いた》む時間がほしいのに、泣《な》くのも悲しむのも許《ゆる》されていないように感じた。私はそんな周囲《しゅうい》に傷《きず》つき、いらだっていた。

もちろん、心温《あたた》まる言葉をかけてくれる人もいたし、悲しい知らせを聞いて、ただただ泣いてくれた人の存在《そんざい》は本当にありがたかった。だけどそのときの私は、傷つく言葉を言った人に対しての怒《いか》りにばかり気をとられた。本心《ほんしん》を話さない自分も悪いのだが、元気な振《ふ》りをすることにも疲《つか》れてきた。もうこれ以上《いじょう》傷つきたくない。私はしだいに周囲に心を閉《と》ざすようになった。

自分の気持ちを話せる人がいない。孤独《こどく》だった。夫《おっと》は何もなかったように仕事に復帰《ふっき》し、私がいつまでもメソメソしているのを快《こころよ》く思っていなかった。私一人《ひとり》取り残《のこ》されている。やはりおなかの子を亡《な》くすというのは、母親である「私」に起こったことで、夫とは悲しみを分かち合えないのだとそのときは思った。

同じ経験《けいけん》をした人と話がしたい。誰《だれ》かいないの？　道を歩いている人全員に「死産《しざん》したことありませんか？」と聞いてまわりたいくらいだった。

どうしたらいいの？　妊娠《にんしん》中に頼《たよ》りにしていた本を読んでみた。もしかしたら死産になってしまった人のための言葉が書いてあるかもしれない。「分娩《ぶんべん》」のつぎは「赤ちゃんの世話《せわ》」だ。「マタニティー・ブルー」のページを読んでみたが、マタニティー・ブルーとは、産後《さんご》のホルモンの変化から一時的《いちじてき》に心が不安定《ふあんてい》になることで、元気な赤ちゃんを授《さず》かった人にも起こる。だから、意味することがまったくちがう。赤ちゃんを亡《な》くすという最大《さいだい》のトラブルについては、何ひとつ書かれていなかった。

大きな書店で、妊娠《にんしん》・出産《しゅっさん》・育児《いくじ》に関《かん》する本や雑誌《ざっし》を片《かた》っ端《ぱし》から開いた。死産に関する本も探《さが》してみた。体験談《たいけんだん》、専門家《せんもんか》が書いた本、なんでもよかったが、そのときはとうとう見つけることができなかった。

本を見つけられなかったことと、身近《みぢか》に自分の気持ちを理解《りかい》してくれる人がいなかったことで、私はひどい孤独感《こどくかん》に陥《おちい》っていた。

どこかにサポートしてくれるような団体《だんたい》はないだろうか。保健所《ほけんじょ》に聞けば教えてくれるのだろうか。でも果《は》たしてそんな団体があるのだろうか。そんなとき、偶然《ぐうぜん》手にした産院情報誌《さんいんじょうほうし》で「SIDS家族の会」の紹介《しょうかい》を見つけた。

「SIDS（乳幼児突然死症候群《にゅうようじとつぜんししょうこうぐん》）だけでなく、死産《しざん》、流産《りゅうざん》、その他の病気で赤ちゃんを亡《な》くした両親が、全国の地区ごとに電話相談やグループ・ミーティング等の精神的《せいしんてき》支援《しえん》を行っている」とある。

これだ！　私はすぐに電話をした。「会報《かいほう》を読んでみたいんですけど」と言うと、広報《こうほう》の窓口《まどぐち》をしている人に電話してほしいということだった。私は緊張《きんちょう》して電話した。驚《おどろ》いたことに、そこは一般《いっぱん》のお宅《たく》だった。電話に出られた女性に死産《しざん》だったことを伝《つた》えると、落ちついた声で「今何か困《こま》っていることはありますか？」と聞いてくださった。その言葉を聞いて「話せる人が誰《だれ》もいないんです」と言いたかったが、それを声に出すと泣《な》き崩《くず》れてしまいそうだったので、しばらく黙《だま》ってから「(赤ちゃんを亡《な》くしてから)まだ日が浅《あさ》いので」と答えた。それでも、電話に出られた方は、何もかも分かってくださったのだと思う。

数日後、ＳＩＤＳ家族の会が発行している会報《かいほう》と、流産《りゅうざん》、死産《しざん》等で赤ちゃんを亡《な》くした人のための小冊子《しょうさっし》『ちいさな赤ちゃん　あなたを忘《わす》れない』が届《とど》いた。小冊子を読んで涙《なみだ》が止まらなかった。ＳＩＤＳ家族の会が、初《はじ》めて私に「泣《な》いてもいい」と教えてくれた。それはそのときの私にとって、とても大きいことだった。そうだ、私泣いてもいいんだよね。みんな「元気だせ」って言うけど、泣いてもいいんだよね。

夫《おっと》にその小冊子を見せると、涙を浮《う》かべながら「二度と見せないでくれ」と言った。「私たちと同じ人がいるよ。一人《ひとり》じゃないんだよ」と彼にも伝《つた》えたかったのだが、夫にとって悲しみを再確認《さいかくにん》するというのはつらい作業《さぎょう》だったのだ。夫は私の入院中、一人《ひとり》で葬儀《そうぎ》の手配《てはい》をし、最期《さいご》に着せるベビー服を買い、一晩《ひとばん》じゅう私に付《つ》き添《そ》ってくれた。とてもよくやってくれたと思う。そんな夫は、私とはちがう形で悲しみを癒《いや》そうとしていた。

ＳＩＤＳ家族の会から『お産《さん》が悲しい出来事《できごと》になったとき』という医療者向《いりょうしゃむ》けのリーフレットが届《とど》いた。赤ちゃんの死と向き合っている人たちの心の内を、少しでも理解《りかい》し参考《さんこう》にしてほしいというもので、遺族《いぞく》とのコミュニケーションの取り方などがきめ細《こま》かく記《しる》されていた。その中で、私がとくに医療者《いりょうしゃ》に知ってほしいと思ったのは、亡《な》くなった赤ちゃんとの対面《たいめん》と、赤ちゃんの形見《かたみ》を残《のこ》すことだった。

「亡くなった赤ちゃんと一緒《いっしょ》にすごす時間は、赤ちゃんの死を受け入れるための、大切な時間です。十分《じゅうぶん》一緒にすごさせてあげてください。」と書いてあった。

最初《さいしょ》で最後《さいご》の親子の時間をサポートできるのは医療者だけだ。どうか後悔《こうかい》のないように、赤ちゃんをたくさん抱《だ》きしめさせてほしい。

「生《う》まれた証《あかし》、生《い》きていた証《あかし》をできるだけ両親の手元に残せるよう配慮《はいりょ》してください。超音波《ちょうおんぱ》エコー写真、へその緒《お》、母子手帳《ぼしてちょう》、名札《なふだ》、着ていた服、またもしできれば手や足の型をとってあげる、写真を撮《と》るなど、どんな些細《ささい》なことでも時間がたてば、両親にとって大切な思い出となります。」とも書いてあった。

赤ちゃんの形見を残すことも、なかなかそのときの両親には思いつかないことだろう。

まわりの人がひとこと教えてくれるだけで、赤ちゃんの生きていた証《あかし》を残《のこ》すことができる。それは家族にとって、宝物《たからもの》になるにちがいない。

今考えると、よくそんな行動がとれたと思うのだが、私は自分が入院した病院へ行き、手紙を添《そ》えてそのリーフレットを婦長《ふちょう》さんに渡《わた》してもらった。手紙には、死産《しざん》というめったにない経験《けいけん》をしてとても孤独《こどく》だったこと、もしこれから自分と同じことになってしまった人がいたら、SIDS家族の会やインターネットのある会を紹介《しょうかい》してもらいたいということ、また、その人が望《のぞ》めば、自分の連絡《れんらく》先も教えてあげてほしいということを書いた。

自分の想《おも》いがきちんと伝《つた》わるか不安《ふあん》だった。産科《さんか》は、新しい命が生まれるおめでたい場所である。私のようになってしまう人は一年にそう何人もいないだろう。こんなことをして疎《うと》ましく思われないだろうか。死産した人などに構《かま》ってはいられないと思われないだろうか。

数日後、婦長《ふちょう》さんからかけられた言葉は「ありがとう」だった。「あなたのような若《わか》い人が命を大事《だいじ》に考えてくれていてうれしい。これからは早速《さっそく》、会を紹介させてもらいます」。婦長さんは自《みずか》ら、第一子《だいいっし》を妊娠《にんしん》五か月で流産《りゅうざん》したことも、話してくださった。勇気《ゆうき》を出して行動して良《よ》かった。知ってもらえて良かった。そのときようやく、自分がほんの少しだけ前に進めたような気がした。

麻衣《まい》が亡《な》くなった年の暮《く》れ、ふと思った。

今まで自分が大きな病気一つせずに生きてこられたのは、重い病気や事故にあう何千分の一、何百分の一という確率《かくりつ》がほかの誰《だれ》かに起こったからなのだ。

自分が元気な体で生まれたその日、ほかの誰かが病気を持って生まれてきたのだろう。自分が健康《けんこう》な体ですごした子ども時代、ほかの誰かが、助からない病気にかかったり、事故にあったりして亡くなっていったことだろう。自分にはたまたま起こらなかっただけ。私はそんな確率の上に生かされているにすぎない。

麻衣《まい》の一歳のお誕生日《たんじょうび》（命日《めいにち》）に、友人が「麻衣《まい》ちゃんへ」と可愛《かわい》らしいお花を贈《おく》ってくれた。お礼《れい》のメールに、思いきって少しだけ自分の気持ちを書いた。「自分はまだなんにも乗りこえてなんかないんだ」という内容《ないよう》の。友人の返事には「それでいいんだよ。すべてでないにしろ、あなたの気持ちを話してくれてうれしかった。分かりたいと思っているから、これからも話してほしい」とあった。

その言葉を読んでボロボロ涙《なみだ》がこぼれた。自分が経験《けいけん》していなくても、私の悲しみに寄《よ》り添《そ》ってくれる人がいる。友人もこの一年、私になんと言葉をかけたらいいか悩《なや》んでいたことだろう。ありがとう。あなたのそんな気持ちが私の支《ささ》えとなっています。

同じころ、娘《むすめ》のお墓参《はかまい》りに行くと、一人《ひとり》の男性が、お墓の前に椅子《いす》とテーブルを置《お》き、ビールを飲んでいるのを見かけた。よく晴れた気持ちのいい日のことだった。私はその光景《こうけい》を見て、なんだか心が穏《おだ》やかになった。そんなふうにして亡《な》き人と共《とも》にすごす時間。お墓参りをしたり娘のことを考えたり。自分にとっても、それはとても大切《たいせつ》な時間なんだということにあらためて気づかされた。そして、娘麻衣《むすめまい》のことを想《おも》うとき、私は本当に幸せだった。

麻衣《まい》を死産《しざん》したちょうど二年後に、次女《じじょ》（第二子《だいにし》）を無事《ぶじ》、出産《しゅっさん》することができた。

私がインターネットの世界を知った数年前は、死産《しざん》や小さな赤ちゃんを亡くされた方《かた》のホームページはそう多くはなかった。それが今では数《かぞ》えきれないほどある。

悲しいことだが、どんなに医療《いりょう》が発達《はったつ》しても、かならず誰《だれ》かの身に起こってしまう。そんな現実《げんじつ》を見て、私の「自分だけが」という思いは少しずつうすらいできた。誰の身にも悲しいことは起こるのかもしれない。幸せそうに見える人も、私には見えない何かを背負《せお》って生きているのかもしれない。やっと、そんなふうに考えられるようになった。

麻衣《まい》を亡くしてから毎日、お仏壇《ぶつだん》に手を合わせ、願《ねが》いごとばかりしている。

「あなたが天国《てんごく》で幸せに暮《く》らしていますように。」「いつか逢《あ》えますように。」

「お父《とう》さんの仕事がうまくいきますように。」

そんなにたくさん叶《かな》えられないよなぁと苦笑《くしょう》しながら、ふと考えた。あの子は私に、家族に何を願っているのだろう？　あまり成長《せいちょう》のない母を見て「お母《かあ》さん、それじゃだめだよー」と言っているのかもしれない。

麻衣《まい》の死を、けっしてポジティブに考えることはできないし、立ち直ったわけでもない。だけど、麻衣《まい》が遺《のこ》してくれたものは大切《たいせつ》にしたい。きっと、私にはまだ見えていないものがたくさんあるのだろう。それを少しずつ見つけていきたい。

この手《て》に抱《だ》けなかった息子《むすこ》、温《あつし》

山本美帆子（やまもと・みほこ）・神奈川県横浜市
［死産時33歳］

私は結婚《けっこん》して四年目にやっと授《さず》かった赤ちゃんを、七か月のとき、死産《しざん》した。赤ちゃんの死は、私の人生の中で一番つらく、一番悲しい出来事《できごと》だった。

「あのね、プレゼントがあるの。手を貸《か》して。目をつぶって。」

玄関《げんかん》先で、帰宅《きたく》したばかりの夫《おっと》の手のひらを、自分のおなかにあてた。

「何？　まさか。」

「赤ちゃんがいるの。」

「ウソ！　本当？　本当？」

夫《おっと》は少し興奮《こうふん》して、何度も言った。何度も言うほど、結婚《けっこん》してからの四年という年月は長かった。大学病院での不妊治療《ふにんちりょう》が一年三か月、不妊治療専門《ふにんちりょうせんもん》のクリニックで六か月、心も体もボロボロだった。とにかく治療を三か月だけ休もう、精子《せいし》の運動率《りつ》だって、こんな夏の暑い日に良《よ》くなるはずがない。そう思った矢先《やさき》の自然妊娠《しぜんにんしん》だった。本当に驚《おどろ》いた。

妊娠四か月までは、クリニックで経過《けいか》を診《み》てもらった。夫にも赤ちゃんの様子《ようす》を見てもらいたかったので一緒《いっしょ》に検診《けんしん》に行った。夫は超音波《ちょうおんぱ》に映《うつ》るわが子を興味深《きょうみ》そうに眺《なが》めていた。その様子《ようす》は、まるで何かを発見した子どものように見えた。

クリニックの医師《いし》に、一度だけ「小さいなぁ」と言われたことがあった。なんとなく、ふっと、この子は無事《ぶじ》に生《う》まれてくるんだろうかと思った。まさかの出来事《できごと》をこのとき、すでに予期《よき》していたのだろうか。

「出産《しゅっさん》する場所が決まっているのでしたら、紹介状《しょうかいじょう》を書きますが」と言われて、そうだ、ここで産《う》むんじゃないんだ、とあらためて思った。その場で紹介状を書いてもらい、医師に深々と頭を下げて、クリニックをあとにした。

保健所《ほけんじょ》を訪《おとず》れ、初《はじ》めて母子手帳《ぼしてちょう》を手にした。「おめでとうございます」の言葉は妊娠《にんしん》してから何度となく言われてきたが、そのつど、たまらなくうれしかった。万一《まんいち》のことを考えると、お産《さん》はやはり大きな病院しかないと思った。近くに総合病院があり、本当はそこで産《う》みたかった。でも、妊娠初期《しょき》に行かないと、評判《ひょうばん》も良《よ》く、ベッド数も少ないせいか、断《ことわ》られるという。同時期に妊娠した友だちが、門前払《もんぜんばら》いされたばかりだった。もう一つの病院は、かなり大きな産婦人科《さんふじんか》の病院だったが、地元《じもと》では評判の良い病院ではなかった。どうしようか迷《まよ》った。

しかし、悪いうわさといっても、尾《お》びれも背《せ》びれもついた話かもしれない。赤ちゃんに何かあっても、ここならＮＩＣＵ《エヌアイシーユー》（新生児集中治療室《しんせいじしゅうちゅうちりょうしつ》）もあるから、いざというとき安心だと考え、その病院に決めた。

初めてその病院を訪《おとず》れたのは、九月の下旬《げじゅん》、妊娠五か月に入ったころだった。私の担《たん》当医《とうい》になったのは副院長《ふくいんちょう》だった。私はこのとき「副院長」という肩書《かたが》きをつけているのだから安心できるだろうと思ってしまった。

このころは、友だちからもらった『安産《あんざん》の本』を毎日見るのが楽しみだった。ある日、おなかの中でグニョと動いた。これが胎動《たいどう》？　母となったことがリアルに確認《かくにん》できた。女に生《う》まれて良《よ》かった、心からそう思った。

赤ちゃんが動くようになって、夫《おっと》が私のおなかをさわるのも日課《にっか》となっていた。夫は赤ちゃんの動きに合わせて私のおなかの形が変わるのを見て、毎回「スゴイ！　スゴイ！」と言っていた。

しかし、妊娠《にんしん》七か月に入ると、胎動を感じなくなった。

不安《ふあん》で本を開いてみた。本には、「よく動いていたのが急に動かなくなったら要注意《ようちゅうい》」とあったものの、「胎動は小さな動きをふくめると、十分間に二回くらいあるようです。ただし、その動きの感じ方には個人差《こじんさ》があり、あっても感じなかったり、強く感じる人もいます。妊娠中期までは、妊婦健診《にんぷけんしん》で異常《いじょう》がないと言われていれば、あまり感じなくても気にすることはないでしょう。」と書いてあった。

私は妊娠中期。今まで異常と言われたことはない。受診《じゅしん》すべきか迷《まよ》った。医師《いし》も忙《いそが》しいのに、何でもなかったら申しわけないという気持ちがあった。それでも、やはりおかしい。夫《おっと》は、「そんなに悩《なや》むぐらいなら、病院へ行けばいいじゃないか」と言った。そうだ。それで何でもなければいい。そう思い、受診《じゅしん》した。

副院長《ふくいんちょう》はいつもの口調《くちょう》で、「だいじょうぶですよ〜、足も若干《じゃっかん》、動かしているようだし、おそらく寝《ね》ているのでしょうねぇ〜」と超音波《ちょうおんぱ》の画像《がぞう》を見ながら言った。私はこわくて見ることができなかったが、生きていることにホッとした。

あとから聞いた話では、この時期、胎動《たいどう》を感じなくなるのは異常《いじょう》が起きている可能性《かのうせい》が高く、即刻《そっこく》、入院するのがふつうだそうだ。初《はじ》めての妊娠《にんしん》で比較《ひかく》するものがなかった私は、「だいじょうぶ」という医師《いし》の言葉を信《しん》じるしかなかった。それでも、「今度、いついつ来なさい」とか、「こういう症状《しょうじょう》が起きたら来なさい」という指示《しじ》もなく、これで本当にだいじょうぶなのだろうかと疑問《ぎもん》を抱《いだ》いた。

二週間後の十二月二十一日、暮《く》れも押《お》し迫《せま》って、年賀状《ねんがじょう》をポストへ投函《とうかん》しようと思ったが、なんとなくためらった。受診してからにしよう、と思った。

その日は、初めて赤ちゃんの心音《しんおん》を聞ける日だった。

看護婦《かんごふ》が機械《きかい》で赤ちゃんの心音《しんおん》を探《さが》す。時間がかかった。他の妊婦《にんぷ》さんは、よゆうで雑誌《ざっし》を見ていたが、私はそれどころじゃなかった。

まさか、まさか。

今度は医師《いし》に超音波《ちょうおんぱ》で診《み》てもらった。

「あれぇ？　心臓《しんぞう》止まっているねぇ。ほら見てごらん」。その言葉は「こんにちは、今日《きょう》はいい天気だね」とあまり変わらない口調《くちょう》だった。

心臓がすでに止まっている？　何がどうなったのか、分からなかった。

「この前もね、双子《ふたご》の赤ちゃんが出産《しゅっさん》予定日の二日《ふつか》前に亡《な》くなったんだよ。」よくある話というつもりで言ったのかも分からないが、不謹慎《ふきんしん》きわまりなかった。泣《な》きじゃくる私に医師もたまりかねたのか、「あのとき（一週間前）は、確《たし》かに生きていたでしょう？　あなたもモニターを見ていたでしょう？　明日《あす》の命は私にだって分かりませんよ」と言い、終《しま》いには、「旦那《だんな》さんを亡くしたわけではないでしょう？」と言った。

心臓停止《しんぞうていし》＝死ということが結《むす》びつかなかった。混乱《こんらん》していた私は、「もう、助からないんですか?」と言っていた。

「棺桶《かんおけ》に入った人が起きあがることはないですよね?」という返事だった。

もう何も聞かない。もう何も聞かないから、どうか何も言わないでほしい。これ以《い》上傷《じょうきず》つきたくなかった。

以前、新聞で四〇〇グラムの赤ちゃんが無事《ぶじ》に生きられた記事を読んだ。もし、胎動《たいどう》を感じないと訴《うった》えたとき、入院させ、逐次《ちくじ》、赤ちゃんの状態《じょうたい》を診《み》てくれていたら、もしかしたら、生きられたのではないかと思った。

わざわざ大きな病院を選《えら》んだ意味がなかった。医師《いし》が精一杯《せいいっぱい》の努力《どりょく》をしてくれて、それでも亡《な》くなったのであれば、この子の寿命《じゅみょう》と思えたのかも分からないが、どうしても割《わ》りきることができなかった。個人《こじん》病院に通院していたら、もっと注意《ちゅうい》深く診《み》てもらえたかもしれない。後悔《こうかい》が押《お》しよせた。

「旦那《だんな》さんに来てもらってください」と言われた。電話のところまで、誰《だれ》にも付《つ》き添《そ》われることもなかった。歩くのも精一杯だった。

「もしもし、山本と申しますが、いつも主人《しゅじん》がお世話《せわ》になっております」。こんなときに冷静《れいせい》さを取りもどす自分がとてもいやだった。

夫《おっと》が電話口に出たとたん、私は一気《いっき》に泣《な》き崩《くず》れた。

「赤ちゃんが、赤ちゃんが……」言葉が出なかった。「赤ちゃんが死んじゃったの。」

「今から行くから。」


その後、子宮口《しきゅうこう》を開く処置《しょち》を受け、そのまま入院、個室《こしつ》に入れられた。翌日《よくじつ》の昼に陣痛《じんつう》がはじまり、看護婦《かんごふ》が陣痛をはかる機械《きかい》で定期的《ていきてき》にはかりにきた。医師《いし》が、「出産《しゅっさん》は明日《あす》になるだろう」と言ったため、看護婦はそのつもりでいたようだ。

夜になり、陣痛が五分おきになった。つぎにはかりにきたときに、看護婦は、「安定してきてますね」と言った。これから出産に向かっているのに、安定するわけもなく、すぐに一分おきとなった。夫が、あわてて「一分おきになっている」と告《つ》げたところ、看護婦は「そうですかぁ?」と答え、病室から出て行った。三十秒おきとなり、さすがの夫も看護婦に「本当にだいじょうぶなんですか!」とどなり、看護婦はいったん出ていったが、すぐに車椅子《くるまいす》を持ってもどってきて、私を分娩室《ぶんべんしつ》に連《つ》れていき、夫を家に帰らせた。

分娩台《ぶんべんだい》に上がったときにはすでに赤ちゃんの頭が出てきており、医師《いし》や助産婦《じょさんぷ》が来ていないのに、私はどうしていいのか分からず、「生まれる！　生まれる！」と叫《さけ》んでいた。赤ちゃんが小さいため、会陰切開《えいんせっかい》も必要《ひつよう》なく、息《いき》を吐《は》けば生まれてしまう状態《じょうたい》だった。看護婦《かんごふ》が、出かかっている私の赤ちゃんの頭を押《お》さえていた。もし、夫《おっと》が付《つ》き添《そ》わずにいたら、私は分娩台にも運ばれず、まちがいなく病室で産《う》んでいただろう。

病院にいながらにして信《しん》じられなかった。医師が来たことを確認《かくにん》したとたん、力がぬけた。産《う》んだ瞬間《しゅんかん》だけは覚《おぼ》えているが、その後、右腕《うで》に注射《ちゅうしゃ》され、左腕にも注射されたような気がする。意識《いしき》がもうろうとしていた。それでも、本能《ほんのう》なのか、「生まれましたか？」と聞いていた。

「生まれました」。かすかな声が聞けた。本来ならば、その声は、「おめでとうございます」という言葉にちがいないのだろう。その後、夫が分娩室にもどってきて「こんなことだったら、家に帰さなければいいのに」とつぶやいた。

妊娠《にんしん》二十六週、七〇〇グラムの男の子だった。

翌日《よくじつ》、「会わせてほしい」と看護婦《かんごふ》に頼《たの》んだら、脳裏《のうり》に焼《や》きつくからやめたほうがいいと言われた。自分の子どもの姿《すがた》を脳裏に焼きつけるのが、どうしていけないのか。私が会わなくて誰《だれ》が会うのか。わが子は他人の顔しか見ないで天国《てんごく》に行くのか。

会ってあげられる時間は短《みじか》い。これから先、この子の成長《せいちょう》を見届《みとど》けることはできない。こんな貴重《きちょう》な時間、自分の人生の中で一番大切《たいせつ》にしなければならない時間かもしれない。そんな貴重な時間を、どうして、奪《うば》われなければならないのだろうか。

最後《さいご》の最後まで、会わせてほしいとねばった結果《けっか》は、小さな棺桶《かんおけ》に花が埋《う》め尽《つ》くされ、顔だけが見えるわが子だった。顔しか見ることができなかった。口元《くちもと》が私に似《に》ていた。自分の指先で、その唇《くちびる》に触《ふ》れたかった。指を近づけた。でも、できなかった。壊《こわ》れそうな感じだった。会えるのは、これが最初《さいしょ》で最後なのか。

「抱《だ》かせてほしい」と言った。しかし、聞き入れてもらえなかった。すでに葬儀屋《そうぎや》には手配済《てはいず》みで、同じ霊安室《れいあんしつ》に二人来ていた。赤ちゃんを抱かせてほしいと言っている私が、まるでダダをこねている子どものようにまわりに映《うつ》っていた。

「家族だけにしてください」と言いたかった。この数分のあいだだけでも、そっとしておいてほしかった。亡《な》くなった子どもや家族にプライバシーはないのだろうか。亡くなった赤ちゃんは、この病院にとって、本当に迷惑以外《めいわくいがい》のなにものでもないような感じだった。あまりの早い対応《たいおう》に、肌着《はだぎ》すら着せてあげられなかった。私はなんて親なのだろう！

たとえ、亡《な》くなったわが子に会いたくない、という親がいても、病院側はぎりぎりまで待ってほしい。自分の子の死を認《みと》めたくなくて「会いたくない」という親もいるだろう。しかし、それは一瞬《いっしゅん》思うだけのことだと私は思う。

何も食べられず、涙《なみだ》が止まることもなかった。夫《おっと》もベッドの脇《わき》でメガネを取り、涙をハンカチでぬぐっていた。そんな光景《こうけい》を見るのは初《はじ》めてだった。やっぱりこの人も一児《いちじ》の父親なのだと思った。しかし、あとから聞くと、夫は赤ちゃんを亡くしたことは確《たし》かにつらかったけれど、私が泣《な》きやまないでいる姿《すがた》を見るのはもっとつらかったと言っていた。

夫は毎日来てくれた。それまで帰りは、いつも早くて夜の十時だったので、毎日、定《てい》時《じ》で上がってだいじょうぶなのか心配だった。上司《じょうし》の方の配慮《はいりょ》と思い、甘《あま》えさせてもらった。面会時間《めんかい》が終わると、夫と別《わか》れるのがつらかった。

病室にいても、体温をはかりにくる看護婦《かんごふ》、薬を持ってくる看護婦など別々《べつべつ》で、気が休まらずにいた。日中《にっちゅう》ひとりでいるとかえって不安《ふあん》で、「相部屋《あいべや》に移《うつ》してほしい」と言ったが、「個室代《こしつだい》はいただきませんから」としきりに言われた。個室というのも良《よ》くいえば配慮《はいりょ》、悪くいえば〝隔離《かくり》〟のようだった。

ある日、下痢《げり》をした。何にも食べていないのに、なぜ？と思った。薬の説明《せつめい》がほしかった。薬の名前はともかく、なんのために飲む薬かそれだけでも教えてほしかった。看護婦は「下痢がつづくようでしたら、おしゃってください」としか言わなかった。

若《わか》い看護婦が点滴《てんてき》を打ちにきて、刺《さ》した針《はり》をぬき、また、刺した。「あとでシーツを交換《こうかん》しにきますね」と言う。どうしたのかと思ったら、いったん刺した針をぬいたため、血が逆流《ぎゃくりゅう》し、シーツは血だらけとなっていた。その後、シーツを替《か》えにくることはなかった。

朝、「注射《ちゅうしゃ》を打ちにきますね」と言ったきり来《こ》なかったこともあった。

寝巻《ねま》きを替《か》えたかったので、看護助手《かんごじょしゅ》に「替えがほしい」と言ったところ、「三枚ありませんでしたか？　あとは実費《じっぴ》がかかりますけど」と言われ、荷物《にもつ》の中を調べられたりもした。

膣《ちつ》を洗浄《せんじょう》しにきた看護婦《かんごふ》が手にしていたのは、生理《せいり》用品などの汚物《おぶつ》をつかむ鉄製《てっせい》の先がギザギザになったもので、それで消毒液《しょうどくえき》のふくまれた綿《わた》をつかみ、膣《ちつ》のまわりを洗浄した。ギザギザがあたり、当然《とうぜん》、痛《いた》かった。こういうことは、無事《ぶじ》に出産《しゅっさん》した人からは許《ゆる》されていることなのか、疑問《ぎもん》に思った。

もう、耐《た》えられなかった。「通院するのでうちに帰してほしい」と言ってみたが、もちろん、そんな許可《きょか》など出るわけがなかった。赤ちゃんを亡《な》くした悲しみのうえに、病院のあるまじき行為《こうい》をさんざん受けた私は、精神的《せいしんてき》にもかなりまいっていた。

クリスマスがきた。街《まち》は華《はな》やいでいるだろう。ベッドの上ですごすとは思わなかった。夫がケーキを買ってきた。シャンパンを見せて「今日《きょう》だけだぞ」と言った。私を泣《な》きやませるため見え見えだった。この人、なんでこう不器用《ぶきよう》なのだろうと思ったけれど、うれしかった。死産《しざん》後、初《はじ》めて笑《わら》った。

やっと退院《たいいん》の日がきた。ずっと横になっていたのと、食べられなかったのとで、歩行《ほこう》が困難《こんなん》な状態《じょうたい》だった。体重が七キロも減《へ》っていた。外の光がまぶしかった。

空を見上げた。赤ちゃんは、この空の上にいるのだろうか。

「赤ちゃん、さびしい思いをしていないかなあ」と言ったら、夫は、「お父ちゃんに抱《だ》っこされているからだいじょうぶ」と言って、すでに他界《たかい》した私の父に抱かれているのだと話してくれた。

死産《しざん》して二年後、私はふたたび妊娠《にんしん》することができた。今度こそまともな病院で産《う》もうと、生理《せいり》がおくれて三日目には検査薬《けんさやく》で検査《けんさ》し、妊娠を確信《かくしん》して、前回行かれなかった評判《ひょうばん》の良《よ》い総合病院へと向かった。担当医《たんとうい》は若《わか》い女医《じょい》だった。経験《けいけん》が浅《あさ》い気がして、不安《ふあん》だったが、その不安は時間と共《とも》に解決《かいけつ》できた。

医師《いし》は「念《ねん》のため、死産《しざん》した週数から入院することをお勧《すす》めします」と言った。原因《げんいん》不明《ふめい》の死産だったため、経過観察《けいかかんさつ》をしたい、とのことだった。「チームを組んで取り組んでいます。一人《ひとり》の医師《いし》の判断《はんだん》では決断《けつだん》を下《くだ》しません」という話もされた。

結局《けっきょく》、妊娠二十五週目に入院し、妊娠三十三週目、赤ちゃんの心拍数《しんぱくすう》が下《さ》がったため、緊急帝王切開《きんきゅうていおうせっかい》での出産《しゅっさん》になった。小児科《しょうにか》の医師、麻酔科《ますいか》の医師、産婦人科《さんふじんか》の担当医と他一名、あとから様子《ようす》をみにきてくれた医師《いし》、そして、助産婦《じょさんぷ》がいた。取り上げられた瞬間《しゅんかん》の私の第一声《だいいっせい》は、「生きてますか?」だった。

こんなことを言うのは、子どもを亡《な》くしたことのある妊婦《にんぷ》だけだろう。「出産《しゅっさん》は病気じゃないから」と人は言う。けれど、私の場合、もし、入院していなければどういう結果《けっか》になっていたのだろうか。担当医《たんとうい》は適切《てきせつ》な判断《はんだん》を下《くだ》したと思う。未熟児《みじゅくじ》で生まれたものの、今ここに元気な娘《むすめ》がいる。しかし、息子《むすこ》を亡くした悲しみや、前の病院や医師《いし》に対しての怒《いか》りが帳消《ちょうけ》しになったわけでも何でもない。あの病院が〝思いやりのある医療《いりょう》〟と看板《かんばん》を掲《かか》げていることすら許《ゆる》せない気持ちでいっぱいである。今、息子が命をかけて教えてくれたことは何だったのだろうと、模索《もさく》している最中《さいちゅう》である。

七《なな》か月《げつ》を生《い》きた君《きみ》へ

山本光宏（やまもと・みつひろ）・神奈川県横浜市
［当時44歳］

君は七か月を生きた。母のおなかの中で命を終えた。

命の長さはそれぞれだ。百歳元気で生きた人、二十歳で病気で逝《い》った人、十二歳で事故で逝《い》った人。そして、君は七か月を生きた。

自発呼吸《じはつこきゅう》をはじめてからが、法的《ほうてき》には命《いのち》または生《せい》と認《みと》める決まりなのだろうか？

おなかの中で命を終えた君には、出生届《しゅっせいとどけ》けの必要《ひつよう》はないらしい。

九八年十二月二十二日が君の命日《めいにち》となっている。十二月二十二日と二十三日で、私たちの表向《おもてむ》きは何も変わっていない。他人から見れば、ただの夫婦者《ふうふもの》だろう。しかし君は、これから私たちが生みだす「何か」に、あたりまえのように影響《えいきょう》するだろう。

人生は短い。私の生きてきた四十四年で何人の人が地球で生きたのだろう？

それを誰《だれ》が何のために記憶《きおく》したのだろう？

どれだけの人が懐《なつ》かしんでいるのだろう？

そもそも過《す》ぎし日々のそんなことを懐かしむ意味って何なのだろう？

君に伝《つた》えよう。私は君のおでこの出《で》っ張《ぱ》りからおなかの初毛《うぶげ》の巻《ま》き方《かた》、足の爪《つめ》の小さき具合《ぐあい》、みんな見ている。知っている。

君が白い煙《けむり》になったことも。私たちの子として生きた七か月も知っている。

だからもし、君が「ぼくのことは忘《わす》れてくれ」といっても、それはできない。

私たちが君を知っている以上《いじょう》、私たちを見て、知っている、同世代《どうせだい》を生きるすべての人が君を見ているのだ。息子《むすこ》よ安らかに暮《く》らせ、私たちの命の中に。

和香奈《わかな》ちゃんのこと、ぜったい忘《わす》れないからね。

足立詠子（あだち・えいこ）・静岡県浜松市
［当時29歳］

二年前に流産《りゅうざん》したときのことを思いだした。あのときもやっぱり落ちこんだな。もう悲しみはこれで終わりだと思ったものだ。でも、人生は予想《よそう》どおりには進まない、すべてが都合《つごう》良《よ》く進むなんてありえない、そんなあたりまえのことを忘《わす》れていた。わが子が天国《てんごく》に旅立《たびだ》つなんて思ってもみなかった。和香奈《わかな》を産《う》んだのは、本当にこの私だったんだろうか。もしかしたら夢《ゆめ》の中での出来事《できごと》だったのかもしれない、あるいは遠い昔の出来事だったような、そんな思いにかられることがある。

もちろん、けっして和香奈《わかな》のことを忘れたわけではない。和香奈《わかな》のことを思いださない日はない。切っても切れない絆《きずな》で結《むす》ばれて、いつも一緒《いっしょ》にいる感じがする。にもかかわらず起こるこの感情《かんじょう》は、人間の底力《そこぢから》なのだろうか。こんなふうに現実逃避《げんじつとうひ》することによって、人間は本能的《ほんのうてき》に立ち直ろうとしているのかな。

どんなに悲しくてもつらくても、おなかはすくし眠《ねむ》くもなる。これが生きているってことなんだろう。この事実には逆《さか》らえないんだと強く感じた。

出産《しゅっさん》は逆子《さかご》のため、帝王切開《ていおうせっかい》だった。ここアメリカでは、出産後の入院は三日だけ。不安《ふあん》もあったが、夫《おっと》は私の退院後《たいいんご》、一週間ほど仕事を休んでくれることになっていたし、日本からも実家《じっか》の両親が来てくれることになっていた。初《はじ》めての育児《いくじ》はなんとか順調《じゅんちょう》に進んでいた。産休中《さんきゅうちゅう》の夫と、まさに二人三脚《ににんさんきゃく》の育児だった。黄疸《おうだん》が出てバタバタしたり、おっぱいが上手《じょうず》に飲めなくて四苦八苦《しくはっく》したりしたこともあった。でも日々の成長《せいちょう》は目まぐるしくて、すべてがずっと先の未来《みらい》へと向かって進んでいるという実感があった。和香奈《わかな》が生後四か月になるころには日本に帰国することも決まっていたし、思《おも》い描《えが》く未来は星の数ほどたくさんあった。

生後《せいご》十四日目を迎《むか》えた日の早朝、ゆっくり起きあがって授乳《じゅにゅう》の準備《じゅんび》をする。さて、と、ベッドに仰向《あおむ》けに寝《ね》ている和香奈《わかな》をふりかえったときだった。あきらかに異常《いじょう》な状態《じょうたい》。かたわらに寝《ね》ていた夫《おっと》を夢中《むちゅう》で起こす。

夫は「救急車《きゅうきゅうしゃ》！」という言葉を残《のこ》し、和香奈《わかな》を抱《かか》えてマンションのロビーへ走った。私は夢中で受話器《じゅわき》を取る。電話の向こうで人工呼吸《じんこうこきゅう》の説明《せつめい》をしているが、メモをとりながらもほとんど頭には入ってこない。受話器をやっと置《お》き、自分も急いでロビーへ走った。すでに救急車と消防車《しょうぼうしゃ》が到着《とうちゃく》していた。

夫の人工呼吸のかいがあったのか、和香奈《わかな》の顔色が少し良《よ》くなったようにも見えた。すぐに救急隊員《たいいん》が応急措置《おうきゅうそち》をし、夫は救急車に乗って、和香奈《わかな》と一緒《いっしょ》に病院へ。私は消防車に乗りこんで、おくれて病院に到着《とうちゃく》した。すでに和香奈《わかな》は、集中治療室《しゅうちゅうちりょうしつ》に入っていた。

夫の待つ控《ひか》え室に案内《あんない》してくれたスタッフに、息《いき》をしているかと聞くと、呼吸どころか心臓《しんぞう》も止まっている、という返事。でも、このときの私には、和香奈《わかな》は助かるだろうかとか、もうだめか、とか考えるよゆうもなくて、ただ頭の中は時を刻《きざ》むことで精一杯《せいいっぱい》だった。

控《ひか》え室《しつ》で夫《おっと》と二人《ふたり》、言葉もなく時間だけがすぎていった。すぐにボランティアの女性カウンセラーが入ってきて、私たちの気持ちを落ちつかせようと、肩《かた》を抱《だ》いて話しかけてくれたり飲み物を運んでくれたり、いろいろと心を尽《つ》くしてくれる。

その後、婦長《ふちょう》さんからの説明《せつめい》があり、一生懸命処置《いっしょうけんめいしょち》はしているが、回復《かいふく》の希望《きぼう》はうすいということだった。しばらく時間をおいて、ドクターから最終結論《さいしゅうけつろん》を告《つ》げられた。

婦長もドクターも、本当につらい、という面持《おもも》ちで、私たちの横にすわって、ゆっくりと私たちの反応《はんのう》を確認《かくにん》しつつ話を進めてくれた。そのときドクターは、私たちに和香奈《わかな》がどういう状態《じょうたい》で寝《ね》ていたかなどをくわしく聞いたうえで、「たぶんＳＩＤＳ《シズ》だろう。防《ふせ》ぎようがなかったことだ。君たちには何の責任《せきにん》もないんだから、自分を責《せ》めないように」と何度も言ってくれた。「もちろん、ＳＩＤＳとは百パーセント決まったわけではない。まだ検死《けんし》をしていないから」とも。

和香奈《わかな》をこれからすぐに他の施設《しせつ》に運ぶという。しかも、検死のあと、和香奈《わかな》はそのままお骨《こつ》になるという。日本では検死解剖《けんしかいぼう》は常《つね》ではないが、アメリカのこの州では、病院外から運ばれてきた者については検死を行わなければならない決まりだという。

検死《けんし》と言われて一瞬《いっしゅん》、言葉を失《うしな》った。抵抗《ていこう》はあったが、それ以外《いがい》に選択肢《せんたくし》はなかった。私たちには、死因《しいん》なんてどうでもいいから、そっとしておいてあげたいという思いも確《たし》かにあった。ただ、今は、原因《げんいん》を知ることができて良《よ》かったと思っている。私たちが検死を決めた瞬間《しゅんかん》から今日まで、検死をお願《ねが》いしたことに後悔《こうかい》を感じたことはない。

検死の結果《けっか》は、そののち数週間たって文書で送られてきた。病院でドクターが言っていたように、結果《けっか》はＳＩＤＳ《シズ》だった。要《よう》するに検死においても死亡《しぼう》原因は見つからなかったということだ。ＳＩＤＳ（乳幼児突然死症候群《にゅうようじとつぜんししょうこうぐん》）とは、睡眠《すいみん》中に起こることが多い病気で、日本の厚生労働省《こうせいろうどうしょう》では、それまでの健康状態《けんこうじょうたい》、既往歴《きおうれき》から死亡が予測《よそく》できず、解剖《かいぼう》を行っても原因が分からなかった乳幼児の突然の死をＳＩＤＳと呼《よ》ぶように定《さだ》めている。単一《たんいつ》の原因で起こるかどうかもふくめて、現在《げんざい》のところ解明《かいめい》はされていない。

婦長《ふちょう》さんから「最後《さいご》にベビーに会うか」と聞かれたとき、私は何だかこわくて顔を見たくないと思ったけれど、励《はげ》まされて和香奈《わかな》と会う決心をした。

和香奈《わかな》は、病院に運びこまれたときと同じおくるみに包《つつ》まれて、婦長さんに抱《だ》かれて部屋《へや》に入ってきた。いつもと変わらぬ穏《おだ》やかな表情《ひょうじょう》をしていた。夫《おっと》と一緒《いっしょ》に、和香奈《わかな》の柔《やわ》らかい肌《はだ》に最後《さいご》のキスをした。いつまでも抱《だ》いていたい思いだった。

カウンセラーの方は、私たちを急がす様子《ようす》もなく見守ってくれた。私たちがお別《わか》れをしているあいだ、彼女の目からポロポロとこぼれ落ちる涙《なみだ》が妙《みょう》に心に焼きついた。スタッフの方々の思いやり、できるだけ私たちの気持ちを大事にしようという心配《こころくば》りが、ありがたかった。心のフォローが行き届《とど》いた病院で和香奈《わかな》とのお別《わか》れができたことを幸せに思う。


小さな箱に入った和香奈《わかな》が帰ってきた。和香奈《わかな》を包んでいたおくるみも一緒に折《お》りたたまれて帰ってきた。懐《なつ》かしい匂《にお》いがした。妊娠《にんしん》中の思い出が、そして和香奈《わかな》との日々が、くるくると頭の中でまわっていた。和香奈《わかな》が見せてくれた可愛《かわい》い笑顔《えがお》が、記憶《きおく》の向こうからよみがえる。

二、三日して、子どもを亡《な》くした遺族《いぞく》をサポートする団体《だんたい》のカウンセラーから、自宅《じたく》に電話があった。そういえば、病院でサポート団体《だんたい》のケアが必要《ひつよう》かどうか聞かれたことを思いだした。そのとき「YES《イエス》」と答えてあったのだ。そのカウンセラーも、ご自分のお子さんを亡《な》くされていたようで、少し話をして、もしサポートが必要だったら、いつでも電話を待っているからと言ってくださり、その団体が発行《はっこう》している冊子《さっし》や、子どもを亡くした方々の手記《しゅき》が載《の》った三センチほどの厚《あつ》さの本を郵送《ゆうそう》してくれた。こうしたサポートは、子どもを亡くした直後《ちょくご》の私たちに、どんなに救《すく》いになったか分からない。

心配してくださった方々から、電話や手紙、カードそしてお花などが届《とど》いた。一人ひとりの存在《そんざい》が心強く、包《つつ》まれているような気持ちになった。こんなに温《あたた》かい反応《はんのう》をくださる方々の中で、何だかこれまでマイペースだった自分に気づいた。人の心の温かさ、人間の大きさみたいなものを感じ、心の底《そこ》からありがたく思った。

「和香奈《わかな》ちゃんのこと、ぜったい忘《わす》れないからね。」

何回聞いてもうれしい魔法《まほう》の言葉。大切な子どもの存在を、こうして認《みと》めてくれる言葉が、一番の支《ささ》えとなった。

一週間後、私たちは葬儀《そうぎ》をあげるために日本へ一時帰国《いちじきこく》することになった。「待ってるから、またアメリカに帰ってきてね」という友人の言葉を心に刻《きざ》んで出発。和香奈《わかな》にとっては初《はじ》めての日本だ。葬儀《そうぎ》はごく内輪《うちわ》で行い、夫《おっと》は一週間日本に滞在《たいざい》したのち、アメリカへもどり、私も一か月ほど日本で出産後《しゅっさんご》の体を休めてアメリカへ帰った。

知り合いとの久しぶりの再会《さいかい》だった。あるアメリカ人の友人を訪《たず》ねると、彼女は「さあ、和香奈《わかな》ちゃんのことをお話しして」と言ってティッシュケースをテーブルに置《お》き、私が話すより先に涙《なみだ》をポロポロ流してくれた。

和香奈《わかな》のことをいっぱい聞いてくれた。このような話題はどうしても遠慮《えんりょ》がちになってしまう中で、あえて話をさせてくれたことに感謝《かんしゃ》。

病院で医師《いし》から結果《けっか》を告《つ》げられた直後《ちょくご》、私は悲しみよりもむしろ〝信《しん》じられない〟という気持ちが先行《せんこう》していた。自分の心にバリアをつくって現実《げんじつ》を追い返そうとし、無理《むり》に元気を出そうとしていた。一方《いっぽう》、夫は私よりも、もっともっと結果を直接的《ちょくせつてき》に、大きな悲しみとして受け入れていたようだ。

病院から帰ってきた私たちは「一緒《いっしょ》にがんばっていこうね」という言葉を口に出して確認《かくにん》しあった。お互《たが》い一人《ひとり》では不安《ふあん》で、相手の存在《そんざい》が救《すく》いだった。

夫が先に私の手を握《にぎ》ってくれたとき、どんなにうれしかったかしれない。

夫は、二、三日すぎたころから仕事を再開《さいかい》した。夫にとっては、和香奈《わかな》の思い出が残《のこ》った家にずっといるよりも、職場《しょくば》という別《べつ》の世界に身を置《お》くことが気分転換《きぶんてんかん》になるようでもあった。

一方《いっぽう》、私は、母親とぶらっと買い物に出かけたりして気をまぎらわせた。どちらかと言えば楽天的《らくてんてき》な私は、これまでも自分にストレスとなるようなことがあると、それを無《む》意識《いしき》に排除《はいじょ》しようとすることで、なんとなくうまく避《さ》けて切りぬけてきたようなところがある。子どもを亡《な》くしたことについては、あまり考えないようにしていた。

悲しんでいてはいけない、あるいは悲しみを外に出してはいけないんだと思いこんでいた。自分が自分でないような不思議《ふしぎ》な気分だった。混乱状態《こんらんじょうたい》の心の中で、これって本当に私なの、と思っていた。でも、自分が悲しみの底《そこ》にいるということは、分かっていた。

どこかへ逃《に》げだしたい。でも逃げられない。早く時間がすぎてくれればと、ただそれだけを思った。自分の一か月後、あるいは一年後はどうなっているだろうか、少なくとも今よりは良《よ》くなっているだろうか。いろいろ考えたけど、時間はワープしない。悲しくてもつらくても、時計の針《はり》は相変わらず同じペースで時《とき》を刻《きざ》んでいた。自分は時の流れに乗っていくしかないんだなと思った。

当初《とうしょ》、家族以外の人と会うのがつらかったが、一方《いっぽう》で、一緒《いっしょ》に涙《なみだ》を流してくれる友人を求《もと》めていた。しばらくすると、とくに人前《ひとまえ》では、元気を装《よそお》うようになる。それは夫《おっと》も私も同じだった。何事《なにごと》もなかったかのようにふるまい、まわりの方々も、そんな私たちの態度《たいど》を受け入れてくれた。

でも、元気な振《ふ》りをすることができるようになったころ、私たちの心には、子どものことを語りたいという気持ちも同時に芽生《めば》えてくる。ところが、私たちが元気になればなるほど、まわりは「そろそろ子どもの思い出もうすらいできたんじゃないか」と思うらしい。それはまったく逆《ぎゃく》で、私たちは子どもとの思い出を、とても大事なかけがえのないもの、と思うようになっていた。

そうやって、私たちの心が子どものことを語れる状態《じょうたい》になったときには、すでに外の世界では、それについて語ることのできない雰囲気《ふんいき》ができあがっている。そのギャップが悲しく思われることもあった。


半年ほどたって、私はインターネットで偶然《ぐうぜん》、あるグループの存在《そんざい》を知り、同じ経験《けいけん》をした方々とメールの交換《こうかん》をするようになった。

自分の気持ちを書き、また他の方々のメールを読むことで、気持ちが落ちつくことが多かった。自分が日常《にちじょう》生活で傷《きず》つくようなことがあったとき、メールを書けば誰《だれ》かが言葉をかけてくれた。私はメールを書いたり読んだりして、似《に》た経験をした方々に励《はげ》まされたり、涙《なみだ》を流したりということをくり返すうちに、悲しみを受け止め、徐々《じょじょ》に癒《いや》されていった。

あの子を産《う》んで良《よ》かった、と思えるようになった。そして、夫《おっと》とも、子どものことを〝懐《なつ》かしい思い出〟として語ろうとした。

夫《おっと》も、会話に子どものことを持ちだすことがよくあったが、依然《いぜん》として、〝懐かしさ〟ではなく〝悲しさ〟のほうが強かったように思う。私が自分以外《いがい》の存在に頼《たよ》って克服《こくふく》しようとしていたころ、夫は一人《ひとり》で悲しみを消化《しょうか》しようとしていた。

夫には、悲しみを吐《は》きだして癒《いや》される場所がないのではないかと、少し心配したこともあった。しかし、私の心配とは裏腹《うらはら》に、実は、夫は無理《むり》に悲しみを消し去ろうと思っていないのかもしれないと、あるとき気づいた。夫には、悲しみを抱《かか》えていても、先に進んでいける強さがあるのかもしれない。

いずれにしても、亡《な》くなった子どもを思う気持ちは同じく限《かぎ》りなく大きい。その事実をお互《たが》いに思いあえるような関係《かんけい》でいたいと思う。

和香奈《わかな》のことを思い、そして語るとき、私たちの心の中に、和香奈《わかな》は生き生きと存在《そんざい》する。

たっちゃんの一年《いちねん》十一《じゅういっ》か月《げつ》

村上真由美（むらかみ・まゆみ）・福島県原町市
［当時27歳］

平成《へいせい》九年九月十八日、午後二時四分、たっちゃんは元気な産声《うぶごえ》をあげて生まれた。

初《はじ》めましてたっちゃん、これからどうぞよろしくね。

私は分娩台《ぶんべんだい》の上でうれし涙《なみだ》を流しながら〝これから何があっても必《かなら》ずこの子を守る〟と心に硬《かた》く誓《ちか》った。


生後《せいご》六か月まで、私は育児休暇《いくじきゅうか》を取っていたので、たっちゃんと毎日一緒《いっしょ》にすごした。天気の良《よ》い日は、ベビーカーでお散歩《さんぽ》。一緒にお昼寝《ひるね》したり、育児《いくじ》の合間《あいま》に家事《かじ》や自分のやりたいことをしたり、とても充実《じゅうじつ》した育児休暇だった。夜泣《よな》きがつづいたときは

ちょっと大変《たいへん》だったが、それでもやっぱり幸せだった。

たっちゃんは順調《じゅんちょう》に成長《せいちょう》し、健診《けんしん》でもいつも「順調です」のひとことをもらっていた。

育児休暇が終わり、私はたっちゃんを保育園《ほいくえん》へ預《あず》けて復職《ふくしょく》した。保育園の送《おく》り迎《むか》えは、おばあちゃんがしてくれたので大助《おおだす》かり。たっちゃんも保育園が大好《だいす》きで、小さなバックを持って毎日通《かよ》った。

保育園で一度、乳幼児《にゅうようじ》の保育参観《ほいくさんかん》があった。どちらかというと人見知《ひとみし》りもせず、抱《だ》っこもママじゃなくても全然OK《オーケー》なたっちゃんが、私がそばにいたせいか、甘《あま》えて泣《な》きじゃくり、何度も私のところに来た。私はそんなたっちゃんを見てすごく可愛《かわい》く感じ、ぎゅっと抱《だ》きしめてあげた。そのあと、幼児用《ようじよう》のクルマが出てきたら、たっちゃんはいつもそれに乗っているらしく、他の誰《だれ》よりも早く飛《と》び乗って走りだした。そのときのたっちゃんの得意《とくい》げな顔！　とっても可愛かった。その日仕事で出席《しゅっせき》できなかったパパに一部始終《いちぶしじゅう》を話してあげたら、笑《わら》いながら聞いていたっけ。

それから一度だけ、動物園《どうぶつえん》にも行った。肌寒《はだざむ》い日だったけれど天気が良《よ》く、たっちゃんをベビーカーに乗せて園内《えんない》をまわった。初《はじ》めて動物を見るたっちゃんは、まだ理解《りかい》できなかったようで、あまり驚《おどろ》きもせず、ただじっと見ていた。

たっちゃんは外で遊ぶのが大好《だいす》きで、どんなに寒い日でも、たとえ発熱《はつねつ》した翌日《よくじつ》でも、関係《かんけい》なく外へ出たがった。春になり暖《あたた》かくなったら、いっぱいいろんな所へ連《つ》れていってあげよう。そう思っていた矢先《やさき》、そんな幸せが崩《くず》れた。

平成《へいせい》十一年四月。それまでもよくたっちゃんは風邪《かぜ》をひき、毎月一回は必《かなら》ずクリニックへ通《かよ》っていた。

そのときもクリニックで風邪と診断《しんだん》され、風邪薬を飲ませた翌日《よくじつ》、血尿《けつにょう》が出た。オムツだったのでそれを持ってクリニックへ行くと「目に見える血尿なので、うちではだめだから大きい病院を紹介《しょうかい》します」と言われ、その足で市内の大きな病院へ。たっちゃんの尿検査《にょうけんさ》をしたが、そのときは血尿ではなくきれいな尿だったので、とりあえず薬を飲んで様子《ようす》を見ることになり、帰宅《きたく》した。翌日、たっちゃんは少し熱があるだけで元気だったので、おばあちゃんへ預《あず》け、私は仕事へ行った。

すると、その夜また血尿《けつにょう》が出た。翌日《よくじつ》、病院でエコーで診《み》てもらった結果《けっか》、左の腎《じん》臓《ぞう》が腫《は》れていることが判明《はんめい》。そのまますぐに入院となった。点滴《てんてき》をしながら、レントゲンやMRI《エムアールアイ》（磁気共鳴画像診断法《じききょうめいがぞうしんだんほう》）など画像診断《がぞうしんだん》が行われた。

「どうやら腎臓に腫瘍《しゅよう》らしいものがみられます。」

〝腫瘍《しゅよう》〟と言われてもピンとこない。先生の説明《せつめい》をただ聞くばかりだった。

「腫瘍といっても悪性《あくせい》か良性《りょうせい》かまだ分からないが、肺《はい》にも少し転移《てんい》しています。F医《エフい》大《だい》を紹介《しょうかい》するので、転院してそこでくわしく検査《けんさ》してください。」

最後《さいご》まで話を聞いて、初《はじ》めて、腫瘍《しゅよう》＝がんだと気づいた。

私と夫《おっと》はその現実《げんじつ》を受け入れられず、ただ呆然《ぼうぜん》とするばかり。それでも、きっと良性のものにちがいないと強く信《しん》じようとした。

四日後の四月十三日、桜《さくら》が咲《さ》きほこる中、自宅《じたく》から車で約《やく》二時間の所にあるF医大へと転院《てんいん》した。早速《さっそく》、採血《さいけつ》・レントゲン・問診《もんしん》など、ひととおり検査が終わると、先生に呼《よ》ばれ、説明を聞いた。

「左の腎臓《じんぞう》に悪性《あくせい》の腫瘍《しゅよう》がみられます。すぐ入院してもらい治療《ちりょう》をはじめます」と淡々《たんたん》と告《つ》げられた。悪性《あくせい》の腫瘍《しゅよう》って？　どうしてそんなに簡単《かんたん》に悪性の腫瘍だって分かるの？　納得《なっとく》がいかず、「悪性なんですか？」と聞き返すと「子どもの場合、ほとんどが悪性です」との返事。とてもショックだった。悪性か良性か分からないと言われてここへ来たのに。

達也《たつや》、一歳七か月、がんとの闘《たたか》いがはじまった。

病名は腎芽腫《じんがしゅ》。別名《べつめい》ウイルムス腫瘍《しゅよう》。乳幼児《にゅうようじ》のがんの中では、神経芽細胞腫《しんけいがさいぼうしゅ》のつぎに多いといわれる。多いといっても、確率《かくりつ》でいえば十二万人に一人だそうだ。どうしてそんなものに当たってしまったのだろう……。

闘病《とうびょう》生活は、まず、医者や看護婦《かんごふ》に慣《な》れることからはじまった。最初《さいしょ》は、白衣姿《はくいすがた》を見てはすぐに泣《な》きだす始末《しまつ》。でも、人見知《ひとみし》りしないせいか思ったよりも早く慣れることができ、医者や看護婦が病室に来ても泣かなくなった。逆《ぎゃく》に医者を見ると小さな声で「しぇんしぇい」と呼《よ》ぶようになった。

治療《ちりょう》がはじまるにあたり、点滴《てんてき》からほとんどの薬を注入《ちゅうにゅう》するので、カテーテル挿入《そうにゅう》術《じゅつ》が行われた。確《たし》かに、そのつど手足から直接点滴を刺《さ》されてはストレスになるし、闘《とう》病《びょう》生活が長くなることが分かっていたのでカテーテルのほうが当然《とうぜん》いいけれど、首筋《くびすじ》から管《くだ》を入れ、胸《むね》から突《つ》きでたカテーテルを初《はじ》めて見たときはショックだった。

一日三回の飲み薬も処方《しょほう》された。五種類もの薬をドロドロに混《ま》ぜ合わせた、大人《おとな》でもいやがるような匂《にお》いがする薬を、毎食後飲まなくてはいけない。とてもかわいそうだった。

飲み薬は、多いときは八種類にもおよんだ。当然《とうぜん》いやがり、薬を見るとベッドの上をグルグル逃《に》げまわった。「このお薬はたっちゃんにとって大事なものなんだよ」と言い聞かせ、心を鬼《おに》にし、つかまえて足ではさみ、両手を押《お》さえつけて飲ませた。夫《おっと》がいてくれるときは二人《ふたり》で分担《ぶんたん》して飲ませることができたが、私一人《ひとり》ではこうするしかなかった。

そして四月二十八日。左腎全摘出《ひだりじんぜんてきしゅつ》の手術《しゅじゅつ》が行われた。八時間にもおよぶ大手術となった。手術が終わってすぐ、医師《いし》から説明《せつめい》があった。

「手術は、ほぼ予定《よてい》どおり行うことができました。ただ、腫瘍《しゅよう》を取るときに破《やぶ》けてしまい、腫瘍がこぼれてしまったが、肉眼《にくがん》で見えるものはすべて取《と》り除《のぞ》いたのでだいじょうぶでしょう。」

摘出《てきしゅつ》した腫瘍《しゅよう》を見せられた。

たっちゃんの小さな体に、こんなに大きな腫瘍があったなんて！

こんなものがたっちゃんの体を苦しめていたのかと思うと、ものすごく憎《にく》らしく、踏《ふ》みつけにしてグチャグチャにしてやりたい気持ちでいっぱいだった。

摘出した腫瘍を組織検査《そしきけんさ》にまわし、一週間もすれば組織の結果《けっか》が分かると言われていた。手術前《しゅじゅつ》の説明《せつめい》では、腫瘍の組織が薬の効《き》きが良《よ》いタイプならば、それからの生存《せいぞん》率《りつ》が高いが、効《き》きの悪いタイプなら、二年後の生存率は二十％とのことだった。

一週間、ドキドキしながら結果を待った。どうか良いほうでありますように。

でも、そんな私たちの願《ねが》いは届《とど》かず、医師《いし》から告《つ》げられたのは「残念《ざんねん》ながら悪いほうの組織でした」という言葉だった。

目の前が真《ま》っ暗《くら》になった。何も知らない無邪気《むじゃき》なたっちゃんの笑顔《えがお》を見ると、胸《むね》が痛《いた》み、涙《なみだ》がこぼれた。どうして？　という思いばかりだった。でも、悲しんでばかりはいられない。すぐに化学療法《かがくりょうほう》がはじまり、抗《こう》がん剤投与《ざいとうよ》が行われた。

投与後《とうよご》、たっちゃんは日ごとにぐったりし元気がなくなった。一週間もすると、髪《かみ》の毛がぬけはじめた。もちろん食欲《しょくよく》もぐっと減《へ》り、笑《わら》うことが少なくなった分、泣《な》くことが多くなった。私は、ただそばについていることと「つらいけどがんばろうね」と励《はげ》ますことしかできなかった。

それでも、一回目の化学療法が終わり、白血球《はっけっきゅう》などの数値《すうち》がもどり安定してくると、外泊《がいはく》の許可《きょか》が出た。自宅《じたく》へもどりたかったが、何しろ初《はじ》めての治療《ちりょう》のあとだったので、病院の近くのほうが安心できるという理由《りゆう》で、近くの宿泊施設《しゅくはくしせつ》に泊《と》まった。幸い病院の近くにとても安く泊《と》まれる施設があったので、そこには本当によくお世話《せわ》になった。たっちゃんもとっても喜《よろこ》び、走りまわっていた。そのときは病気だなんて嘘《うそ》だと思えるくらい元気で食欲もあり、たくさん笑顔《えがお》も見られた。

外泊が終わり病院へもどると、たっちゃんは大泣《おおな》きした。気持ちは痛《いた》いほど分かるけれど、何もしてあげることができず、ただなだめるしかなかった。

一回目の化学療法《かがくりょうほう》の結果《けっか》、やっぱり薬が効《き》きにくいタイプのためか、あまり効果《こうか》が得《え》られず、もう少し強い抗《こう》がん剤《ざい》に替《か》えての治療《ちりょう》が行われた。その後、鼻血《はなぢ》が大量《たいりょう》に出た。治療後の血小板《けっしょうばん》が少ない状態《じょうたい》だったので、医師《いし》もあわてていた。すぐに耳鼻科《じびか》へ移動《いどう》した。止血《しけつ》のため、たっちゃんを暴《あば》れないように押《お》さえつけなくてはいけない。医師や看護婦《かんごふ》三人がかりで押さえつけた。そうしてどうにか止血できたものの、下手《へた》したらこれが命取りになったかもしれないと言われ、こわい思いをした。

ちょうどこのとき、風邪《かぜ》のような症状《しょうじょう》と重《かさ》なり、腹部《ふくぶ》に水がたまりパンパンにふくれ、息《いき》もハカハカと苦しそうで、それでも化学療法《かがくりょうほう》は待ってはくれず、最悪《さいあく》の状態《じょうたい》で抗《こう》がん剤《ざい》を投与《とうよ》された。その間、意識《いしき》が混沌《こんとん》とし、呼びかけても無反応《むはんのう》のまま二日がすぎた。でも、たっちゃんは本当によくがんばってくれて、三日目に意識がはっきりともどった。私はそんなたっちゃんの様子《ようす》を見て、不安《ふあん》でいっぱいだったが、でも、たっちゃんはぜったいに死んだりしないという確信《かくしん》にも似《に》た強い思いもあった。

季節《きせつ》は春から夏へと移《うつ》り、八月三日、小児《しょうに》科病棟《かびょうとう》で花火大会が行われた。「たっちゃん、花火大会だよ〜。楽しみだね〜。バーン、バーンっていっぱい見られるよ」と私が言うと、たっちゃんはうれしそうに「バーン、バーン」と何度も言った。

当日、お気に入りのパジャマを着せて待っていると、体調があまり良《よ》くなかったために吐《は》いてしまい、結局《けっきょく》、いつも着ているパジャマに着替《きが》えた。

たっちゃんは、花火を見るまでは気が張《は》っていたのか、元気をふりしぼり気力《きりょく》を保《たも》っていたが、はじまってからはただ花火をじっと見つめ、あとはずっと抱《だ》っこされたままだった。それでも翌日《よくじつ》病室を訪《おとず》れたパパに「パーパ、ッチ・ッチ、バーンバーン」(あっちでバーンバーン見たよ)と一生懸命《いっしょうけんめい》教えていた。

その翌日、化学療法《かがくりょうほう》前ということもあり、外泊許可《がいはくきょか》が出た。たっちゃんの状態《じょうたい》はあまり良《よ》くないと分かっていたが「おうちに帰れるよ」と言うととても喜《よろこ》ぶので、少し無《む》理《り》は承知《しょうち》で外泊した。主治医《しゅじい》の許可もあったし、たっちゃんにとって、良い気分転換《きぶんてんかん》になればと思ったからだ。結局《けっきょく》、それが最後《さいご》の外泊となった。

家にもどっても何も食べず、それでは体力が消耗《しょうもう》するばかりなので、うどんをほんの少し食べさせたら、それさえも飲みこめず口に入れたままだった。心配になり、主治医に電話し、翌日《よくじつ》病院にもどることにした。

また腹部《ふくぶ》に水がたまっていて、さらに抗《こう》がん剤《ざい》治療《ちりょう》も行ったので、前回のように意識《いしき》がなくなった。しかし、前回とは開始時の体調がちがい、体力が幾分《いくぶん》かあったようで、二日後、意識ももどった。

意識はもどったものの腹部に水がたまり、吐《は》いてばかりいて水分しか摂《と》れない。日中《にっちゅう》はつらいながらも少し笑顔《えがお》を見せてくれ、その笑顔を見ると少し安心できた。でも、おなかがパンパンの状態《じょうたい》で息《いき》も苦しそうで、夜もなかなか眠《ねむ》れずに、何度も起きようとする。あれこれ検査《けんさ》をしながら治療《ちりょう》を進め、一時的《いちじてき》な手段《しゅだん》として腹部に針《はり》を刺《さ》し水をぬく処置《しょち》を行った。あれほどパンパンにふくれあがったおなかが、あっというまにペチャンコになり、呼吸《こきゅう》もだいぶ楽になり、たっちゃんも少し眠《ねむ》ることができた。このときは肺炎《はいえん》も併発《へいはつ》していて高熱があり、痰《たん》も切れずにいた状態だった。

翌日《よくじつ》、ペチャンコになったおなかはそのままで、たっちゃんはうとうと眠ったりしていたが、目がさめたときは起きあがりたいらしく「トン」（起こして）と要求《ようきゅう》し、起こしてあげると、すぐ「ネンネ」（横になりたい）と言い、そのくり返しだった。

自力《じりき》で起きあがる体力は、もう残《のこ》っていなかった。


八月十九日。その日は朝から容体《ようだい》が悪く、体内に取りこむ酸素《さんそ》の量《りょう》が少なく苦しそうなので酸素マスクが取りつけられた。レントゲンで診《み》た結果《けっか》、肺《はい》にあった腫瘍《しゅよう》が化学《かがく》療法《りょうほう》の効《き》き目《め》で空洞《くうどう》になっていたらしく、その部分が何らかの理由《りゆう》で破裂《はれつ》し、空気が一気《いっき》に体内に広がり、苦しくなったらしいとのことだった。

すぐにその空気をぬく処置《しょち》が行われ、あとはペチャンコになった肺が徐々《じょじょ》にふくれるのを待つばかりだった。

昼すぎ、容体は急変《きゅうへん》し、両肺から出血し、どんどん肺に血液《けつえき》がたまりはじめた。

血液をぬく処置をくり返し行ったが、まったく止血《しけつ》することなく、危険《きけん》な状態《じょうたい》に陥《おちい》った。

昇圧剤《しょうあつざい》を使っても、血圧《けつあつ》は下《さ》がったままだった。

自発呼吸《じはつこきゅう》だけではすぐに苦しくなってしまうので、人工呼吸器《じんこうこきゅうき》も取りつけられた。その際《さい》、泣《な》いて動いたりするとよけい苦しくなるし、いろいろ機械《きかい》を取りつけるため、麻酔《ますい》で眠《ねむ》らせた。

夜になっても止血《しけつ》せず、八時三十分、血圧《けつあつ》がどんどん下がりはじめた。主治医《しゅじい》や看護婦《かんごふ》がバタバタしはじめ、その挙《あ》げ句《く》、主治医が心臓《しんぞう》マッサージをはじめた。

「たっちゃんの名前を呼《よ》んであげてて」と言われ、夫は懸命《けんめい》に呼びつづけ、私は泣《な》いてばかりで呼ぶこともできずにいた。そんな中、たっちゃんは静かに息《いき》を引き取った。

言葉がなかった。

これはきっと悪い夢《ゆめ》をみてるんだ。こんなの現実《げんじつ》じゃない。

嘘《うそ》だよね、何かのまちがいだよね。

今までちゃんと生きてたじゃない、それなのにどうして?

けっして動くことのないたっちゃんを目の前にして、思うことはそんなことばかりだった。

化学療法《かがくりょうほう》五回、血液輸血《けつえきゆけつ》十五回、血小板輸血《けっしょうばんゆけつ》二十回、膀胱炎《ぼうこうえん》、肺炎《はいえん》、がん性腹膜炎《せいふくまくえん》を併発《へいはつ》しながら、あんなにがんばった達也《たつや》の大きな闘《たたか》いは終わったのだった。

本当に終わってしまったのだった。

たくさんの機械《きかい》が取りはずされ、たっちゃんは霊安室《れいあんしつ》に移《うつ》された。

そしてたくさんの医者《いしゃ》や看護婦《かんごふ》に見送られ、病院をあとにした。

帰りはパパの車でお気に入りの童謡《どうよう》を聴《き》きながら、ママに抱《だ》っこされ自宅《じたく》へともどった。

そのあいだママは、ずっとたっちゃんの頭をなでてやり、安らかな顔を見つめていた。ちょっと口元《くちもと》に笑《え》みを浮《う》かべたような、それは本当に安らかな顔だった。

「ママ、ぼくは十分闘《じゅうぶんたたか》ったよ」と言ってるかのような。

脱力感《だつりょくかん》でいっぱいの私とは裏腹《うらはら》に、周囲《しゅうい》の人によって手際良《てぎわよ》く葬儀《そうぎ》の準備《じゅんび》が進められた。たくさんの弔問客《ちょうもんきゃく》もつぎつぎと訪《おとず》れ、そのたびに私に気をつかい、いろいろと慰《なぐさ》めの言葉をかけてくれた。

「まだ若《わか》いんだから」「つらいからって同じ年頃《としごろ》の子たちを見ないようにしてはだめよ」など、慰めにならない言葉もたくさんあり、そのたびに深く傷《きず》ついた。

今追いかければ、きっとたっちゃんに追いつける。分からない所にたっちゃんを一人《ひとり》で行かせるわけにはいかない。たっちゃんだって、きっとさびしいに決まってる。本気でそう思い、死んでしまおうと一瞬《いっしゅん》心が動いたのが自分でもよく分かった。でも、そんな考えはすぐに振《ふ》り払《はら》った。

それはたっちゃんが、一生懸命《いっしょうけんめい》闘《たたか》う姿《すがた》を見せてくれたから。

どんなにつらい治療《ちりょう》にも、逃《に》げずに立ち向かってくれたから。

私はたっちゃんから、命の尊《とうと》さを教えてもらった。どんなに生きたくても生きられない命がある。だから、けっして命を粗末《そまつ》にしてはいけない、と。

それにたとえあのとき、たっちゃんを追いかけたとしても、私はたっちゃんに会えずにきっと別《べつ》なところへ行ってただろう。

たっちゃんがお空に旅立《たびだ》ってから、ずっといろんなことを考えた。

これから自分は、どうやって生きていけばいいのだろう。

幸《さいわ》い、私にはもどれる職場《しょくば》があった。不安《ふあん》のほうが大きかったが、思いきって復職《ふくしょく》した。会社ではふつうに笑《わら》ったりできるが、ときどき心がからっぽになり、人の話が耳に入ってこないときもある。たっちゃんを想《おも》い、泣《な》きながら通勤《つうきん》するときだってある。いっぱい笑ったり、ふつうにごはんを食べたり、眠《ねむ》ったりできる自分をどうかしていると、ずっと責《せ》めつづけたが、四十九日《しじゅうくにち》を迎《むか》えるころ、ぼんやりと気づいた。

これは、たっちゃんがママに残《のこ》してくれた〝生きてく強さ〟なんだと。自分に都合《つごう》のいい考え方だと思われるかもしれないが、そんなふうに思うことができた。

でも、今はまだ、たっちゃんと同じ年頃《としごろ》の子どもを見ることはできない。

どんなにがんばろうと思っても、それだけはできない。

それどころか、そんな子を見ようものなら「たっちゃんじゃなく、おまえが病気になればよかったのに」と悪魔《あくま》のような気持ちになってしまう自分もいて、自己嫌悪《じこけんお》に陥《おちい》る。

そういうときは、インターネットで知り合った、同じ体験《たいけん》をしたママたちと話して心を落ちつかせている。自分の中の醜《みにく》い悪魔《あくま》のような気持ちを吐《は》きだすことで、少し心が楽になる。そういう場所を得《え》られて本当に良《よ》かった。きっとたっちゃんが導《みちび》いてくれたのだ。

これから先、たとえつまずいたとしても、それでも前を向いてゆっくりゆっくり歩いていこう。たっちゃんは泣《な》いてるママはきらいだと思うから、できるだけ笑《わら》おう。そしてこれからの私の人生の中に、たっちゃんの言いたかったことや価値《かち》をみつけていこう。

たっちゃんへ。

一歳十一か月という短《みじか》いあいだだったけど、たっちゃんは一生懸命《いっしょうけんめい》に生き、たくさんの思い出を残《のこ》してくれたね。闘病《とうびょう》生活では、つらい中にも楽しく元気なときもあり、テレビを見て笑ったり、踊《おど》ったり、絵本を見たり、童謡《どうよう》を聴《き》いたり、大好《だいす》きなバイクやシールで遊んだりと、毎日いろんなことをして遊んだよね。

具合《ぐあい》の悪い日が多かったから、ぐったりして吐《は》いたり、注射《ちゅうしゃ》をしたり、たくさん痛《いた》い思いや苦しい思いをしたね。でも、たっちゃんは「痛い？」と聞いても、一度も「うん」と言ったことがなかったね。「うん」と言うこともできたのに、一度も言わなかった。あんなに小さな体で強い抗《こう》がん剤《ざい》に耐《た》え、笑顔《えがお》をみせてくれ、本当によくがんばったね。

しゃべれなくても、私たちの言うことは全部分かってて、すごく大人《おとな》びてたよね。これからはたっちゃんの可愛《かわい》い笑顔《えがお》を見たり、「マーマ」って呼《よ》んでくれる声を聞くことはできないけど、ずっとずっと心の中で一緒《いっしょ》にいようね。

そしていつの日か、パパとママとたっちゃん、三人でまた会いましょう。

きっと会えると信《しん》じています。

たっちゃんに満足《まんぞく》なことをしてやれず、けっして良《よ》いママではなかったけど、私たちの子どもに生まれてくれて、ありがとう。

たっちゃんに出会えて、本当に幸せだった。

ママはいつでも、これから先もずっとずっと、たっちゃんが一番大好《だいす》きです。

それではまた会う日まで、ゆっくりおやすみ。

かっかが飛《と》んでいかなくて良《よ》かった。

越川加津江（こしかわ・かづえ）・千葉県四街道市
［死産時34歳］

「かっかのおなかに赤ちゃんがいるよ。」

九八年十月の初《はじ》め、お風呂《ふろ》に入っているとき、三歳の息子《むすこ》がこう言った。

「エッ！　どうして？」

「だって見えるもん。」

十日後、私は確信《かくしん》のようなものをもって、妊娠検査薬《にんしんけんさやく》を買い求《もと》めた。

陽性《ようせい》。やった！

そのまま長男を出産《しゅっさん》した実家《じっか》の近くのクリニックに行った。妊娠第六週だった。帰りに実家に寄《よ》って妊娠を報告《ほうこく》。母も大喜《おおよろこ》びしてくれた。夫《おっと》の母にも、電話でうれしい報告をした。私はずっと前から、うさぎ年の赤ちゃんがほしかった。その夢《ゆめ》がかなったのだ。

ほどなく、つわりがやってきた。長男のときは、吐《は》いて吐いて吐きまくって十キロ以《い》上《じょう》体重が落ちた。脱水症状《だっすいしょうじょう》で三回入退院《にゅうたいいん》をくり返した。今回も、つわり療養《りょうよう》のため実家《じっか》に帰り、毎日クリニックに点滴《てんてき》に通《かよ》った。夫と息子《むすこ》は夫の実家のお世話《せわ》になった。

一週間ほどしてだいぶ楽になったので家にもどったが、すぐにまたダウン。私が吐いている姿《すがた》を見た息子は、こわかったのだろう、後《あと》ずさりしてから、ものすごい声で泣《な》き叫《さけ》んだ。やっぱりお母《かあ》さんは元気でなくちゃいけない。夜、息子に聞いてみた。

「かっか、またおばあちゃんちに帰ってもいい？　元気になってくるからいいかな？」

息子は涙《なみだ》をひとつだけこぼしたが、「いいよ」とはっきり言ってくれた。

今度は長期戦《ちょうきせん》になることを覚悟《かくご》で、実家に帰った。

結局《けっきょく》、実家での療養《りょうよう》ではまにあわなくなり、私は入院することになった。完全絶食《かんぜんぜっしょく》で点滴治療《てんてきちりょう》。長男のときもさんざんお世話になったので、看護婦《かんごふ》さんの顔と名前も全部分かる。それだけで心強かった。

母が毎日来てくれて、休日には夫《おっと》と息子《むすこ》が顔を見せてくれた。脱水症《だっすいしょう》状《じょう》も落ちつき、十二月の初《はじ》めに退院《たいいん》して、しばらく実家《じっか》で様子《ようす》をみて、二週間後に家にもどった。

家族三人やっとそろった。うれしい。翌日《よくじつ》さっそく母子《ぼし》手帳《てちょう》をもらいに行った。宝物《たからもの》がまたふえたのだ。それからはとにかく、毎日が楽しくて幸せだった。仲《なか》のいい友だちとクリスマスパーティーをした。十人ほど集まったママたちの中で、なんと妊婦《にんぷ》が五人！　どんどん小さな仲間《なかま》がふえていく。やたらうれしかった。

お正月、夫の両親と一緒《いっしょ》に初詣《はつもうで》に出かけた。もちろん安産祈願《あんざんきがん》もしっかりした。年が明けてからは、〝三人家族最後《さいご》の思い出〟と称《しょう》して、いろんな所へ出かけた。休日は息子《むすこ》が喜《よろこ》びそうな所へ出かけ、温泉旅行《おんせんりょこう》にも行った。旅行先で、夫が安産のお守りを買ってくれた。私は赤ちゃんへの初《はじ》めてのプレゼントとして、テディベアのぬいぐるみを買った。

どこへ行っても、このつぎ来るときは四人なんだと思っていた。まさかこの旅行が、おなかの赤ちゃんもふくめた〝四人家族最後の思い出〟になるとは思ってもいなかった。

あたりまえのように、赤ちゃんはやってくると思っていた。おなかが大きくなってくると、息子《むすこ》にも赤ちゃんの存在《そんざい》が分かってきたようだ。私のおなかに抱《だ》きついて赤ちゃんに話しかけているポーズの写真がたくさん残《のこ》っている。「赤ちゃん、おもちゃ貸《か》してあげますからね」。うんうん、いいお兄《にい》ちゃんだ。

四月二十五日。今日《きょう》から妊娠《にんしん》三十四週に入る。朝からちょっとだるい。でもいつものことだ。

息子と図書館に行き、赤ちゃんが生まれるという内容《ないよう》のものもふくめて五〜六冊借《か》りてきた。それから買い物。赤ちゃんの服を買おうとしてなぜかためらい、産後用《さんごよう》のガードルだけ買って帰った。昼食をすませてから、なんだかおなかに違和感《いわかん》を感じ、家庭の医学書を開いてみる。

「妊娠後期《にんしんこうき》にはおなかが張《は》ることがある。よく歩いたあとなどその傾向《けいこう》がみられる。少し横になって安静《あんせい》にしていればおさまる。」これだ、問題ない。

借りてきた絵本を読み聞かせながら息子と一緒《いっしょ》に昼寝《ひるね》した。そのあいだにも何度もトイレに行った。やっぱり気になる。おなかは軽い生理痛《せいりつう》のようになってきた。クリニックに電話して下腹《したはら》が痛《いた》むことを伝《つた》えると「切迫早産《せっぱくそうざん》かもしれないから来てください。」

自分で運転するのは危険《きけん》だと思い、夫《おっと》に電話した。

「おなかがちょっと痛むから病院まで連《つ》れてってほしいんだけど、無理《むり》ならいいよ。」

まだまだのんびりとしたものだった。義父《ぎふ》にも電話した。電話してから急速《きゅうそく》に痛みがひどくなっていった。三十分後、夫と義父がほとんど同時に迎《むか》えに来てくれた。

病院へ向かう車の中で、痛みは三分間隔《かんかく》になっていた。まさに長男のとき経験《けいけん》した陣《じん》痛《つう》そのものだった。危機感《ききかん》はまったくなかった。もう妊娠《にんしん》三十四週だ。三日前の検診《けんしん》で赤ちゃんはもう二〇〇〇グラムあると聞いたので、このまま生まれてしまってもだいじょうぶだと思っていた。息子《むすこ》と笑《わら》いながら話すよゆうもあった。

六時すぎクリニックに到着《とうちゃく》し、すぐ診察室《しんさつしつ》にとおされ、エコーをかける。先生の顔色が変わった。

「赤ちゃん、弱っているみたいだ」「家の人は来ていますか?」「痛みはどんな感じですか?」「どのくらいつづいてますか?」やつぎばやに質問《しつもん》されながら、私はとなりの部《へ》屋《や》に移《うつ》され、赤ちゃんの心音《しんおん》をとった。

看護婦《かんごふ》さんが「心音《しんおん》、かなり低いよ。あのね、正常《せいじょう》の半分ぐらい」。深刻《しんこく》な表情《ひょうじょう》で機械《きかい》を見つめている。先生は部屋《へや》の外で、夫《おっと》に何か話しているようだ。

そのとき、突然《とつぜん》強い胎動《たいどう》を感じた。びくんびくんと二回。（あっ、元気だ、生きている）と思ったものの、看護婦さんの深刻《しんこく》な表情に変化はなかった。

思えば、それが最後《さいご》の胎動だった。

先生が入ってきて「日赤《にっせき》病院へ連絡《れんらく》つけましたから、今からそちらへ一緒《いっしょ》に行きましょう。ちょっとね、赤ちゃん、心配だからね」。つとめて穏《おだ》やかに話してくれているみたいだった。

看護婦さんに「だいじょうぶですよね？」と聞いてみたが、返ってきた言葉は「分からない」。さすがの私も事態《じたい》の深刻《しんこく》さに青ざめた。クリニックと日赤病院とは車で三分の距離《きょり》だ。先生の車と夫の車で向かった。車の中で夫に「だいじょうぶだよね？」とやっとの思いで聞いてみた。「だいじょうぶ、ぜったい、だいじょうぶだから」という夫の言葉を、一生懸命《いっしょうけんめい》心の中でくり返していた。これから起こる事態《じたい》を、まだまだ予想《よそう》できずにいた。

日赤《にっせき》病院の救急《きゅうきゅう》入り口で、看護婦《かんごふ》さんが車椅子《くるまいす》を用意して待っていてくれた。

産婦人科《さんふじんか》の診察室《しんさつしつ》に入ると、「裸《はだか》になってこれ着て」「アクセサリー全部とって。早くする！」「診察台あがって。ぐずぐずしないの」。年配《ねんぱい》の看護婦《かんごふ》さんにつぎつぎと指示《しじ》された。早くしたくても大きなおなかに腹痛《ふくつう》、早くできないのだ。こんな状況《じょうきょう》でありながら、むっとした。診察台にあがるとさっそくエコー、いろんな角度から慎重《しんちょう》に見ている。

このとき、赤ちゃんはもう亡《な》くなっていたらしい。

クリニックの先生と日赤《にっせき》の先生とが、顔を見合わせながら、何か話して奥《おく》のほうへ行った。

そのとき、下から何か水のようなものが出てきたのが分かった。破水《はすい》だろうか、手でさわってみると赤かった。「先生、血が」と声をかけると、二人の先生がかけつけてきて出血を確認《かくにん》、緊急手術《きんきゅうしゅじゅつ》となった。あとから聞いた話では、このとき先生方は母体《ぼたい》のことを考えて下から産《う》ませるか、帝王切開《ていおうせっかい》にするか決めかねていて、外への出血があったことで帝王切開に決定したそうだ。この出血がなかったら、決定までもっと時間がかかり、私は助からなかっただろうと言われた。

診察台《しんさつだい》に乗ったまま手術室《しゅじゅつしつ》へ運ばれた。途中《とちゅう》「しっかりね」と声をかけられ、見ると母だった。母がいる、夫が連絡《れんらく》したのかな、などと思いながら手術室に入っていった。ここで帝王切開《ていおうせっかい》の説明《せつめい》、赤ちゃんが助からなかったこと、部分麻酔《ぶぶんますい》の説明など受けたらしいのだが覚《おぼ》えていない。ただ一時間ほどで終わると言われたことは、なんとなく覚えている。

ここからの記憶《きおく》は本当になくて、あとから少しずつ思いだしたものだ。手術《しゅじゅつ》中、気持ち悪くなって二回吐《は》いたこと、看護婦《かんごふ》さんが手を握《にぎ》ってくれていたこと、先生の数がふえていったこと、口に酸素《さんそ》をあてられたのだが、そのほうが苦しくてはずしたかったこと、先生のあせっている雰囲気《ふんいき》。

先生は私に息子《むすこ》がいることを、何度も何度も確認《かくにん》したあとで「子宮《しきゅう》を取りましょう」と言った。すかさず夫《おっと》が「取ってください」と返事した。夫は手術中、二度ほど手術室に呼《よ》ばれて入ったらしい。

「子宮を取ってしまったら、もう赤ちゃんできなくなっちゃうよ」と私が言うと、「もういいから、あーちゃん（私のこと）のほうが大事だから」と夫は言って、しばらく私のほっぺたをぴしゃぴしゃやって励《はげ》ましてくれた。

それ以上《いじょう》考えるよゆうはなかった。それからすごく苦しくなって、私はそのまま意《い》識《しき》を失《うしな》った。

意識がもどったときは、集中治療室《しゅうちゅうちりょうしつ》だった。両手に点滴《てんてき》をされていた。看護婦《かんごふ》さんに声をかけられて、夫《おっと》と母と義姉《あね》の三人が入ってきた。「だいじょうぶ？」「もう一時だから、今日《きょう》はもう帰るね。あしたまたくるね」「がんばったね」などと言われた。

もう一時？　一時間と言われた私の手術《しゅじゅつ》は、五時間あまりかかったようだ。そっとおなかをさわってみた。ぺちゃんこのおなか。もうこのおなかに新しい命が宿《やど》ることは二度とない、そう思ったら、泣《な》けて泣けてしかたがなかった。

その夜は、眠《ねむ》ったり起きたりで、時間の感覚《かんかく》もなかった。輸血《ゆけつ》による拒否反応《きょひはんのう》のアレルギーで、全身に発疹《ほっしん》が出てかゆくなった。しょっちゅう看護婦《かんごふ》さんが様子《ようす》をみにきてくれたり、体の位置《いち》をずらしてくれたり、紙オムツを替《か》えてくれたりした。自分ではまったく自由《じゆう》がきかず、このまま寝《ね》たきりになってしまうのではと不安《ふあん》でしかたがなかった。泣いていると看護婦さんが「いろいろ考えちゃうよね」と言ってそばにいてくれた。私の質問《しつもん》に答えて、赤ちゃんがどういう状態《じょうたい》だったか、出血がすごくて、私自身がどんなに危険《きけん》な状態だったか、どうして子宮《しきゅう》をとらざるをえなかったかなど、ゆっくり話してくれた。私の言葉も、ただそばにいてずっと聞いてくれた。そして、「生きていてくれて本当に良《よ》かった」と言ってくれた。

翌日《よくじつ》、夫《おっと》と息子《むすこ》と母とが面会《めんかい》に来てくれた。集中治療室《しゅうちゅうちりょうしつ》なので、みんな白衣《はくい》を着て帽子《ぼうし》とマスクもつけていた。面会時間はほんの数分だったが、うれしかった。夫から、赤ちゃんは男の子だったと聞かされ、あぁ、やっぱりと思った。

先生方はとても良心的《りょうしんてき》で、私の質問に誠意《せいい》を持ってくり返し答えてくれた。手術《しゅじゅつ》の説明《せつめい》や子宮摘出《しきゅうてきしゅつ》のこと、体じゅうの血液《けつえき》を入れ替《か》える量《りょう》の輸血《ゆけつ》をしたこと、これからの治療《ちりょう》のことなど分かりやすく話してくれた。死産《しざん》の原因《げんいん》は「常位胎盤早期剥離《じょういたいばんそうきはくり》」といって、赤ちゃんがおなかの中にいるうちに胎盤《たいばん》が剝《は》がれてしまうこと。母子《ぼし》ともに危《き》険《けん》な症状《しょうじょう》だという。私があの状態で助かったのは本当に奇跡《きせき》だそうだ。こんなことも話してくれた。

「妊娠《にんしん》は病気ではありません。みなさんはこの言葉を安心材料《ざいりょう》として使いますが、とんでもないことです。病気じゃないからこわいんです。こういうときにはこれ、という薬もマニュアルもありません。だからこそ、無事《ぶじ》に生まれたときには『ありがたい』という言葉を使うんです。」

三日目に一般病棟《いっぱんびょうとう》へ移《うつ》った。個室《こしつ》だったのでホッとした。体が回復《かいふく》してくると、いろいろ考えることが多くなり、自分を責《せ》める日々のはじまりだった。赤ちゃんを失《うしな》ったこと、そして子宮《しきゅう》をも失ったこと。これは自分への罰《ばつ》なんだろうか。あの日、腹痛《ふくつう》を感じてもその深刻《しんこく》さに気づかず、のんびり家で様子《ようす》をみていた私。赤ちゃんのSOS《エスオーエス》に気づかなかった私は、なんて鈍感《どんかん》だったんだろう。

神様が「こんな鈍感なやつ、もう母親になる資格《しかく》なし」と判断《はんだん》して、子宮も赤ちゃんも取りあげたのではないか。それとも女の子がほしいなんて言っていたから、おなかの子が怒《おこ》って帰ってしまったんだろうか？　どんな小さなことも、自分を責《せ》める材料《ざいりょう》になった。男女の産《う》み分《わ》けの話で盛《も》りあがっていた自分が、とても軽薄《けいはく》に思えた。

でも、誰も私のことを責《せ》めなかった。責めてくれなかった。

「生きていてくれて良《よ》かった」「一人目《ひとりめ》じゃなくて良かった」と言ってくれた。

私は、自分だけ生き残《のこ》ってしまったことに罪悪感《ざいあくかん》も感じていた。

あの日までひとつの体を共有《きょうゆう》していたのに、私だけ助かってしまった事実を納得《なっとく》できなかった。もう、夫《おっと》に元気なわが子を抱《だ》っこさせてあげることはできない。息子《むすこ》にきょうだいをつくってあげることはできない。夫と息子に対して、私はどんな償《つぐな》いをしたらいいんだろう？

自分が子宮《しきゅう》を失《うしな》ったということより、こちらのほうがずっと私を苦しめた。いろんな思いが胸《むね》の中でぐるぐるしていた。

ふと気がつくと、亡《な》くなった子より、失った子宮への思いを強くしている私がいた。

そのことを認識《にんしき》して、愕然《がくぜん》とした。

死産後《しざんご》、集中治療室《しゅうちゅうちりょうしつ》から一般病棟《いっぱんびょうとう》に移《うつ》って、最初《さいしょ》に私がしたことは、妊娠《にんしん》を知っている友だちに手紙を書くことだった。悲しい出産《しゅっさん》になってしまったこと、そして子宮を失ったこともあえて書いた。私の人生に起こった大きな出来事《できごと》が、友だちのあいだで噂《うわさ》のように軽く流れてしまうのだけは、どうしてもいやだったのだ。自分の言葉で伝《つた》えたかった。

感情《かんじょう》を書くとグズグズになってしまうような気がして、事実だけを淡々《たんたん》と手紙につづっていった。手紙を書くことで、体力的《たいりょくてき》にも精神的《せいしんてき》にもかなり無理《むり》したが、このとき手紙を書いておいて、本当に良《よ》かったと思っている。

妊娠中《にんしんちゅう》というのは、まわりに、おなかが大きくなっていく過程《かてい》を見せながらすごす。大きかったおなかが突然《とつぜん》ぺちゃんこになったら、みんな当然《とうぜん》、赤ちゃんが生まれたと思うだろう。妊娠は知っているけれど、手紙は出せなかった人、たとえば新聞の集金のおばさん、行きつけのお花屋さん、スーパーのレジのお姉《ねえ》さん、みんな「おめでとうございます」と声をかけてきたのだ。いきなり「男の子だった？　女の子だった？」と聞いてきた人もいた。そのたびに私は悲しい報告《ほうこく》をしなければならなかった。そして、死産《しざん》を告《つ》げたあと、かならず相手が言うのは「でも、またすぐにつぎの子が授《さず》かるから」という言葉だった。ここで、私はもう子どもを望《のぞ》めないことを説明《せつめい》したり、うやむやに笑《わら》ってごまかしたり。こういうことを数回くり返したら、神経《しんけい》がおかしくなってしまった。そして、しばらく外出恐怖症《がいしゅつきょうふしょう》に陥《おちい》った。

手紙を出しておいて本当に良《よ》かった。そうでなければ、私は友だち一人ひとりに説明《せつめい》して歩かなければならなかっただろう。そんな自分の姿《すがた》を想像《そうぞう》しただけで、倒《たお》れそうになる。

　赤ちゃんを火葬《かそう》にする日、私は赤ちゃんと対面《たいめん》するか悩《なや》んでいた。看護婦《かんごふ》さんの意見も身内《みうち》の意見も半々だった。自分でも、赤ちゃんを見てしまったらどうなるのか、また会わずに送ってしまったらどうなるのか見当《けんとう》もつかなかった。

　でも、会うなら今しかないのだ。迷《まよ》っていると、夫と婦長《ふちょう》さんが車椅子《くるまいす》を押《お》して部屋《へや》にきた。「会ってあげましょう。きれいな赤ちゃんよ。」

　心が決まった。点滴《てんてき》をつけたまま車椅子で霊安室《れいあんしつ》に行くと、赤ちゃんが待っていた。

長男をお宮参《みやまい》りしたとき着せたベビーウエアを着ていた。長男そっくりの男の子で、本当にきれいで、可愛《かわい》くて、眠《ねむ》っているような顔をしていた。

抱《だ》っこしながら心の中で何度も謝《あやま》った。数日前まで確《たし》かに私のおなかにいた赤ちゃん、私だけ生き残《のこ》って、赤ちゃんを一人《ひとり》で逝《い》かせてしまった。「ごめんね、ごめんね。」

棺桶《かんおけ》の中には、赤ちゃんの洋服、夫《おっと》と母がそろえてくれたおもちゃ、哺乳《ほにゅう》びんなどが入っていた。火葬場《かそうば》までついて行けない私は、そこで赤ちゃんを見送った。

会って良《よ》かった。一度だけだけど、抱《だ》けて本当に良かった。

やわらかくって頼《たよ》りなくて、でもしっかり感じた命の重み、私はきっと忘《わす》れない。

ただ「ごめんね」ばかりをくり返してしまった私は、そのとき「ありがとう」と言えなかったことを後悔《こうかい》している。

「お母《かあ》さんのおなかに宿《やど》ってくれてありがとう。お母さんは九か月間、とっても幸せだったよ。」


ちょうどゴールデンウイークと重《かさ》なったので、毎日、夫と息子《むすこ》がお見舞《みま》いに来てくれて、とても心強かった。息子《むすこ》と病室に二人《ふたり》きりになったとき、息子に話した。

「あのね、赤ちゃんお空に飛《と》んでいっちゃったんだよ。」

息子は私のおなかをさわって「あっ、いない」と言った。思わず泣《な》けた。

「かっかもね、飛んでいきそうだったんだけど、お医者様ががんばってつかまえてくれたの。」

息子は黙《だま》って聞いていたが、「かっかが飛んでいかなくて良《よ》かった」と言ってくれた。

この息子の言葉に、どれだけ救《すく》われたか分からない。今でも現実《げんじつ》のつらさに押《お》しつぶされそうになると、この言葉を思いだして心を落ちつけている。

幼《おさな》くして、きょうだいの死を体験《たいけん》したり、母親の瀕死《ひんし》の姿《すがた》を見てしまったり、長男はあの数か月でとても大人《おとな》になってしまった。いや、大人にさせてしまった。「〜したらお母《かあ》さんが喜《よろこ》ぶ」ということよりも「〜したらお母さんが悲しむ」ということを敏感《びんかん》に感じ取っている長男。ときどき、胸《むね》がしめつけられるような気の使い方をするので、せつなくなってしまう。

息子はおなかの大きな私の姿《すがた》をずっと覚《おぼ》えていてくれるだろうか。おなかの赤ちゃんに優《やさ》しく話しかけていたことを覚えていてくれるだろうか。そのうち、なぜ自分にはきょうだいがいないのか問《と》うてくるかもしれない。そのときはきちんと話してあげよう、「あなたはとっても立派《りっぱ》なお兄《にい》ちゃんだったんだよ」って。

今まで以上《いじょう》に息子《むすこ》を愛《あい》し、また自分の体も大切《たいせつ》にしていこう、せっかく助かった命なのだから。きっと助かった意味があるはずだから。赤ちゃんも見守っていてくれるにちがいない。

あとがき

『誕生死《たんじょうし》』という、この本のタイトルを初《はじ》めて目にされたとき、多くの方が、「なんと衝撃的《しょうげきてき》な！」と感じられたのではないでしょうか。

この本は、出産《しゅっさん》前後にわが子を亡《な》くした体験《たいけん》を、十三名の父母が、実名で、ありのままにつづったものです。すべてが実際《じっさい》に、私たち家族に起こったことです。

英語《えいご》では、おなかの中で亡くなったケースを、〝STILLBORN《スティルボーン》〟と言います。日本語では単《たん》に「死産《しざん》の」と訳《やく》されますが、〝STILLBORN〟には、「それでもなお生《う》まれてきた」という深い含《ふく》みがあり、「死産《しざん》の」という日本語では、あまりにそぐわないと、私たちは感じてきました。

おなかの中で亡《な》くなってしまった場合は、戸籍《こせき》にも載《の》らず、存在《そんざい》がなかったことになってしまいます。でも、私たちの子どもは、どんなに短い命であろうと、確《たし》かにこの世《よ》に生《う》まれたのです。たとえ、子宮《しきゅう》という小さな世界から、生《い》きて外にでてくることがなかったとしても、あるいは生《う》まれてすぐに亡くなってしまったとしても、私たちにとっては、確かにわが子は〝誕生《たんじょう》した〟のです。

亡くなった子どもの幼《おさな》いきょうだいが、驚《おどろ》くほど的確《てきかく》にそれを語ってくれました。

「ママのおなかに赤ちゃんが生まれた」そして「赤ちゃんはコタル（＝蛍《ほたる》）になったの」。

このような私たちの思いをひとことで伝《つた》えられる言葉が「誕生死《たんじょうし》」なのです。

妊娠《にんしん》週数や生まれてからの時間のちがいといった、命の長さに関係《かんけい》なく、子どもの死を悲しみ、ずっと思いつづけていくことは同じであることを私たちは知りました。その意味でも、私たちは、流産《りゅうざん》・死産《しざん》・新生児《しんせいじ》死などの幼い赤ちゃんの死をすべてふくめて、「誕生死」と呼《よ》ぶことにしました。

私たちは、わが子を亡《な》くすという体験《たいけん》をした者として、インターネットを通じて知り合いました。というより、インターネットでしか出会《であ》えなかったとも言えます。なぜなら、妊娠《にんしん》・出産《しゅっさん》に関《かん》する本は、山のようにあります。でも、それらはみな、無事《ぶじ》に出産することを前提《ぜんてい》に書かれていて、妊娠中の注意事項《じこう》などには触《ふ》れていても、おなかの中で赤ちゃんが亡くなってしまった場合の出産については、触れられていませんでした。また、幼《おさな》い赤ちゃんを亡くした時に、心の支《ささ》えとなってくれるような本も見つけられませんでした。そのため、私たちは、インターネットで出会うまで、それぞれが言い知れぬ孤独感《こどくかん》の中でもがいていました。

これまで、私たちのような体験《たいけん》は、あまり公《おおやけ》に語られることはありませんでした。「死」というものについて、どうしても世間《せけん》は「触《ふ》れてはいけないもの」「忌《い》むもの」という扱《あつか》いをします。でも、多くの人が可愛《かわい》いわが子の話をするのと同じように、私たちは、亡くなった子の話を聞いてほしいのです。「早く忘《わす》れて元気を出してね」とまわりの人が励《はげ》ましてくださるとき、私たちは、あの子を忘れたくない、忘れるなんてできない、あの子の死をもっと悲しみたい、あの子のことを語りたいと思っていました。亡くなった子の存在《そんざい》にふたをするようなことはしたくないのです。

この気持ちは、私たちも体験して初めて分かったことです。

私たちのような体験《たいけん》は、残念《ざんねん》ながらどこかで誰《だれ》かに必《かなら》ず起こってしまうことで、何ら恥《は》じることはないのだから、堂々《どうどう》と語って、人に知ってもらおう、「私たちの手で、私たちが必要《ひつよう》とした本をつくろう」ということになったのです。

インターネットで知り合った私たちは、本をつくる作業《さぎょう》もネットのメーリングリストという方法を用《もち》いました。活動をはじめて一年半、それぞれにいろいろな事情《じじょう》や心の葛藤《かっとう》があり、最終的《さいしゅうてき》に、十三名（十一家族）の体験談《たいけんだん》によってこの本が完成《かんせい》しました。

「完成」という言葉を使いましたが、もしかしたら、この本には「完成」ということはないのかもしれません。私たちの心はつねに揺《ゆ》れ動いています。亡《な》くなって、社会的には存在《そんざい》がなくなっても、わが子に対する愛情《あいじょう》は、消えることがありません。

何分の一かの確率《かくりつ》で起こる病気だったから、事故《じこ》だったのだから、自然淘汰《しぜんとうた》だったのだから、などと、赤ちゃんの死にどのような理由がつけられようとも、親にとっては、かけがえのない一つの命が消えたという事実に変わりはありません。たとえ、何人子どもがいても、亡《な》くなった子の存在は一分の一です。いくら死の原因《げんいん》に納得《なっとく》しても、わが子の死という理不尽《りふじん》なものを、納得し、受け入れることはできないのです。

でも、時間と共《とも》に、新しい気づきもあります。それは、亡くなったわが子が教えてくれた、あるいは与《あた》えてくれた「何か」に気づくことです。それがどういうものかは、それぞれの人によってちがいます。そういう小さな気づきを集めていくことは、幸せとも言えることだと思っています。大切なものに気づいていくことで、私たちの心の中で、もう一度あの子の命《いのち》がしっかりと生まれたと感じることができます。

私たちと同じ悲しみを経験《けいけん》して、心の行き場を見つけられないでいる方が、この本を読むことで、「どうして自分だけが」という孤独感《こどくかん》から一歩《いっぽ》出て、自分はひとりぼっちではないと感じてくだされば、幸いです。悲しみの心にそっと寄《よ》り添《そ》えること、それが私たちの願《ねが》いです。そして、幸いにも、私たちのような経験をしていない方にも、私たちの思いを少しでも知っていただければ、うれしく思います。

若《わか》い世代《せだい》の人には、無事《ぶじ》に生まれてくることのありがたさや、命の大切さに思いをはせてほしいのです。生まれてくるということは、こんなにも大変《たいへん》なことなのです。

新聞記事によると、死産《しざん》は年間三万人、流産《りゅうざん》は三十万～四十万になるそうです（二〇〇一年十二月十二日付朝日新聞）。私たちは、その中のたった十一家族にしかすぎませんが、医療機関《いりょうきかん》の方には、実際《じっさい》にこのような体験をした家族が、どのような医療を望《のぞ》んでいるか、感じていただきたいと思っています。

私たちは、わが子を亡《な》くす悲しみが、国や人種《じんしゅ》のちがいに関係《かんけい》なく、普遍的《ふへんてき》なものであることも知りました。外国では、医療者の側から、亡くなった子をきょうだいに抱《だ》っこさせたり、家族みんなで一緒《いっしょ》の写真に撮《と》ったり、形見《かたみ》になるようなものを残《のこ》したりするように勧《すす》めてくれるそうです。お別《わか》れの時間を、家族だけでゆっくりとすごせるような配慮《はいりょ》もなされているそうです。日本でも、そのような配慮を尽《つ》くしている病院があります。私たちはそのような医療機関が増《ふ》えてくれることを願《ねが》っています。

最後《さいご》になりましたが、お産《さん》に関《かん》する言葉の説明《せつめい》などで、アドバイスをしてくださった愛育《あいいく》病院新生児科《しんせいじか》（総合母子保健センター）の加部一彦先生にお礼《れい》申しあげます。

巻頭《かんとう》の〝ＳＴＩＬＬＢＯＲＮ《スティルボーン》〟の詩《し》の転載《てんさい》を快《こころよ》く承諾《しょうだく》してくださったＳＩＤＳ家族の会に感謝《かんしゃ》します。

そして、本を出したいという私たちの思いを受け止めて、最初の理解者になり、出版まで導《みちび》いてくださった三省堂出版部の阿部正子さんに、心から感謝しています。本当にありがとうございました。

私たちが出会《であ》い、この本をつくりあげたこと、そしてこの本がもたらすたくさんのことが、お空の子どもたちからのプレゼントです。

二〇〇二年二月二十二日

編集《へんしゅう》を終えて　松村幸代《まつむらさちよ》・川合藤花《かわいふじか》・古閑令子《こがれいこ》

著　者●流産《りゅうざん》・死産《しざん》・新生児死《しんせいじし》で子《こ》をなくした親《おや》の会《かい》
わが子を誕生死（流産・死産・新生児死）でなくした親の集まり。『誕生死』の本を作るために集まったメンバーで発足。誕生死の現実を知ってもらうために、同じ体験者や医療関係者の集まりなどで体験を語ってきた。誕生死をめぐる問題に関心をもつ医療関係者への協力なども行っている。『誕生死』に寄せられた読者カード700枚から、体験者のカードを選んで、実名・直筆で掲載した本『誕生死・想（おもい）』（三省堂）を2005年12月に刊行。

・本書4ページに詩を転載させて頂いたSIDS家族の会の連絡先
〒151-0071　渋谷区本町1-24-11-A203　NPO法人SIDS家族の会
TEL 050-3643-6546（伝言ダイヤル），メール contact@sids.gr.jp
ホームページ http://www.sids.gr.jp

誕生死（たんじょうし）

2002年4月15日　第1刷発行
2023年6月15日　第29刷発行

著　者――流産・死産・新生児死で子をなくした親の会
発行者――株式会社 三省堂
代表者 瀧本多加志
発行所――株式会社 三省堂
〒102-8371　東京都千代田区麹町五丁目7番地2
電 話　(03) 3230-9411
https://www.sanseido.co.jp/
印刷所――三省堂印刷株式会社

落丁本・乱丁本はお取り替えいたします。　〈誕生死・224pp.〉
ISBN 978-4-385-36090-4